Lynn Hürzeler

Olfs Reise

Lynn Hürzeler

Olfs Reise

Illustrationen: Niovi Bucher, Alissa Kumpf, Michelle Vong

Bibliografische Information der Deutschen Nationalbibliothek:
Die Deutsche Nationalbibliothek verzeichnet diese Publikation
in der Deutschen Nationalbibliografie;
detaillierte bibliografische Daten sind im Internet
über http://dnb.dnb.de abrufbar.

Lektorat: Lea Gottheil
weitere Mit wirkende: Annie Bissonnette, Franziska Furrer, Noemi und Luis
Verlag: BoD · Books on Demand GmbH, In de Tarpen 42, 22848 Norderstedt,
bod@bod.de
Druck: Libri Plureos GmbH, Friedensallee 273, 22763 Hamburg

ISBN: 978-3-7583-7465-4

ERSTER TEIL

Kapitel 1

Der Mann dreht sich um und geht langsam aus dem Geschäft. Nur der schwache, gelbliche Schein der Strassenlaterne erhellt die Hafenpromenade. Der Mann läuft bis zu einem kleinen Steg, an dem vier Boote angemacht sind. Der Steg quietscht unter seinem Gewicht. Eines der Boote ist kleiner als die anderen und sieht schon ziemlich alt aus. Ein gut gepflegtes Metallschild mit der Aufschrift *Narnia* hängt daran. Der Mann bleibt vor dem Boot stehen und gräbt mit seinen Händen in den riesigen Taschen seiner Fischerhose. Schliesslich zieht er einen mit Angelschnur umwickelten Schlüsselbund hervor. Er steigt in das Boot und schliesst die kleine Kabine des Hausbootes auf.

Nur durch ein kleines Fenster, das hinaus ins blaue Meer geht, dringt schummriges Licht in den Raum. In einer Ecke steht ein altes Bett, daneben eine Truhe, aus der die Kleider nur so quellen. Auf einem Pult liegen verstreut viele Zettel und Bücher. Es gibt sogar eine altmodische Kochstelle mit Gas und einem Wasserhahn. Hinten im Raum sind zwei Stellwände mit einer kleinen Türe aufgebaut. *Abtritt/ Bad* steht mit verschnörkelter Schrift darauf. An der Wand hängen eine Angelrute und ein Bild eines jungen Mannes mit einem riesigen Fisch in der Hand. Der Mann lässt sich seufzend auf das Bett fallen. Er streift sich die gelben Stiefel von den Füssen und zieht die Fischerhose aus, dann schläft er in Unterhose und Hemd ein.

Kapitel 2

Ein erster Sonnenstrahl dringt durch das Fenster. Der Mann steht langsam auf und hebt die am Abend liegengelassenen Kleider auf. Er steigt in die Fischerhose und schlüpft in seine Stiefel. Er setzt sich wieder auf sein Bett. «Ich wollte es so lange», denkt er, «nein, ich will es immer noch, aber nun bin ich zu alt. Ich hätte es früher tun sollen, ich werde sterben, wenn ich es wage. Ich werde es nicht schaffen, ich werde vorher sterben. Ich bin nur ein alter Mann, über achtzig, ach, warum habe ich es bloss nicht früher gewagt?»

Der Mann tritt langsam aus der Wohnkabine und geht aufs Deck. Er lässt sich auf einen roten, hölzernen Liegestuhl fallen. Er fährt vorsichtig mit seinen rauen Fingern über das wettergegerbte Holz. Die Wellen wiegen das kleine Boot hin und her. Der Mann schliesst die Augen und summt leise. Seine kratzige Stimme vermischt sich mit dem lauten Krächzen der Möwen, die über dem Hafenbecken nach Fisch und Essensresten suchen. Nach einer Weile steht der Mann schwerfällig auf und geht in einen kleinen Schuppen neben der Wohnkabine. Alte Angeln und Fischernetze liegen auf dem Boden verstreut, an der Wand hängt ein vergilbtes Papier, auf dem mit blauer Tinte *Angeln macht froh!* geschrieben steht. Er steigt mit einem roten Plastikeimer und einer Angel aus dem Boot und setzt sich stöhnend auf den hölzernen Steg. Geschwind füllt er den Eimer mit Meerwasser und schleppt ihn zurück ins Boot. Er lässt sich wieder im Liegestuhl nieder. Er schwingt die Angel, der an der Nylonschnur befestigte Köder taucht ins Wasser. Den Eimer stellt er dicht neben sich auf den Boden. Irgendwann döst er ein. Als er wieder aufwacht, ist es schon fast dunkel geworden. «Ich muss lange geschlafen haben», sagt er zu sich selbst.

Der Mann steht auf und schleppt sich zurück in die Kabine und setzt er sich auf eine Holzbank, unter der ein schwarzes Radio steht. Er schaltet das Radio ein und eine hohe, singende Frauenstimme erklingt in die Stille des

Raumes hinein. Das Boot schaukelt langsam hin und her, wie im Takt der Musik. Er blickt zur Decke und für einen kurzen Moment wirkt es, als wäre er in einer anderen Welt. Sein Blick wandert gedankenverloren durch den Raum und fällt auf zwei kleine zusammengefaltete Zettel. Er geht zielstrebig zum Pult und faltet die Zettel langsam auseinander. Auf beiden ist eine Weltkarte zu sehen. Der Mann öffnet eine der beiden Schubladen im Pult und holt eine Schreibfeder und ein Tintenfass hervor. Langsam und sorgfältig zeichnet er auf beiden Plänen eine Route ein.

Mit zwei Stecknadeln hängt er die Karten auf, eine über dem Bett, die andere neben das Bild des jungen Mannes mit dem Fisch. «So kann ich es mir wenigstens vorstellen», seufzt der Mann. Immer wieder fährt er verträumt die Route auf einer der Karten nach. Sein Blick wandert von Nordosten übers Meer in Richtung Westen und von dort nach unten in den Süden, dann fällt er auf das Bett. Seufzend greift er nach der Pfeife, die auf dem Fussende liegt und geht nach draussen. Er stützt sich auf die Reling und beginnt zu rauchen.

Kapitel 3

«Moin Olf», ruft eine etwas raue Stimme vom Steg her. «Aron!», sagt der Mann, der wahrscheinlich Olf heisst. Er lächelt erfreut. «Wie geht's?», fragt die Stimme, die sich ebenfalls als die, eines alten Mannes entpuppt. Er hat silbern glänzende Haare und trägt weite grüne Hosen und ein rotes Hemd. Olf zuckt schüchtern mit den Schultern. «Wollen wir was trinken? Whiskey? Cognac?» «Whiskey wäre gut», antwortet Olf leise.

Die beiden gehen zu einem kleinen Lokal am Hafen, an dessen Tür ein altes Schild mit der Aufschrift *Lucs Kneipe* hängt. Sie öffnen die Tür und schummriges Licht erhellt die beiden Gestalten. Lautes Gelächter und Stimmen dringen ihnen entgegen. Es riecht nach Schnaps und Bier. Zigarettenrauch schlängelt sich den Wänden empor. An kleinen hölzernen Tischen sitzen Männer, die rauchen und sich lautstark unterhalten. Alle sind ähnlich gekleidet wie die beiden alten Männer. Plötzlich ist es still im Raum. «Aron! Lange nicht gesehen, setz dich doch zu uns und erzähl uns, was du die ganze Zeit gemacht hast! Ausser natürlich in deiner Backstube sitzen und Brote backen, haha!», sagt ein älterer, ziemlich grimmig dreinschauender Mann. «Wen hast du denn da mitgebracht?», fragt ein weiterer Mann und beugt sich zur Seite, um Olf besser sehen zu können. «Ach, der alte Spinner!», sagen die Männer im Chor und vertiefen sich wieder in ihre Gespräche. «Ignoriert zu werden ist mir immer noch lieber, als ausgelacht zu werden», raunt Olf. Die beiden Männer setzen sich an einen freien Tisch. Sie bestellen und sitzen sich lange still gegenüber. Langsam leert sich das Lokal und nur noch die beiden Männer sitzen an einem von den vielen hölzernen Tischen. Schliesslich bricht Aron das Schweigen und fragt: «Wollen wir uns morgen um sechs Uhr den Sonnenaufgang ansehen, wir könnten mit deinem Boot rausfahren?» «Morgen sechs Uhr passt.» «Bring doch deine Angel mit, dann können wir fischen» «Ja, ich bring sie mit.» «Und sei pünktlich.» «Ja, ich werde pünktlich sein.» «Und ich werde Brot mitbringen.» «Ja, du wirst Brot mitbringen.». Es ist lange still, dann steht der Mann, der Aron heisst, langsam auf und schiebt den Holzstuhl zurecht. «Ich geh schlafen, es ist spät.» «Ja, tu das.» «Bist du nicht auch müde?» «Ich werde noch eine Weile sitzen bleiben.» Olf bleibt noch lange sitzen. Dann steht er auf und geht zurück zum Boot. Kaum hat er sich ausgezogen und hingelegt, schläft er ein.

Kapitel 4

Es ist noch dunkel, als Olf aus seinem unruhigen Schlaf erwacht und sich langsam anzieht. Mit einer Angel und einem Eimer geht er vom Boot und läuft die alte Hafenmauer entlang. Bei einem roten Haus aus Ziegelsteinen, an dem mit grossen, geschwungenen Buchstaben *BÄCKEREI* steht, bleibt er stehen und klopft an die Tür. Nach einer Weile öffnet Aron. «Bin ich pünktlich oder pünktlich?», fragt Olf stolz. Aron lächelt und tritt aus der Tür. Er hält einen kleinen Papiersack in der einen und zwei Pfeifen in der anderen Hand. Die beiden gehen schweigend nebeneinander her. Auf dem Steg bereiten sich schon mehrere Fischer auf das Angeln vor. Ihre kleinen Jungs sitzen am Ende des Stegs und reden. «Wenn ich gross bin, fahre ganz weit weg, am besten einmal um die ganze Welt», sagt der eine. «Wenn ich gross bin, werde ich wie Vater Fischer und entdecke ferne Länder», sagt der andere. Und plötzlich erscheint Olf vor seinem inneren Auge ein Bild. Vor siebzig Jahren sah es hier ganz ähnlich aus. Olf sass oft an demselben Ort, wo die Jungs jetzt sitzen. «Ich will einmal um die Welt. Mit dem Schiff einmal um die Welt. Und ferne Länder entdecken. Die ganze Welt sehen», sagte er manchmal zu sich und anderen. Aber die anderen lachten ihn aus. «Oh, Olf der arme Fischerssohn will einmal um die Welt!! Deine Eltern haben ja nicht mal Geld, um ein kleines Ruderboot zu kaufen, woher willst du denn ein Boot nehmen, mit dem du um die Welt kommst?», spotteten sie.

Ein lautes Lachen reisst Olf aus seinen Gedanken. «Oh Olf, was entdeckst du heute? Ein fliegendes Schiff vielleicht?», sagen die Fischer und lachen hämisch. Olf beisst sich auf die Lippe und blickt die Fischer stumm an. Er ballt seine Hände zu Fäusten und atmet tief ein und aus. «Olf? Alles in Ordnung?», fragt Aron besorgt. «Ja, alles in Ordnung, aber gehen wir», sagt Olf. «Ja, lass uns gehen», meint Aron. Die beiden Männer machen das Boot vom Steg los und fahren aufs offene Meer hinaus. Die Wellen schaukeln das kleine Boot hin und her. Man sieht schon einen schmalen, dunkelroten

Streifen der Sonne. Bei einer gelben Boje werfen sie gemeinsam den schweren Anker ins Wasser und tragen die kleine Holzbank aus der Wohnkabine aufs Deck. Sie setzen sich und es wird lange kein Wort gesprochen. «Hier», sagt Aron und reicht Olf eine kleine, schwarze Pfeife. Olf zündet sie mit einem alten Feuerzeug an, das er aus einer seiner Hosentaschen gezogen hat. Auch Aron zündet sich eine Pfeife an und sie paffen still. Die Sonne geht langsam hinter dem Horizont auf. «Ich möchte verreisen», sagt Olf und blickt Aron an, «Nein, ich werde verreisen.», korrigiert er. «Wohin? Nicht etwa einmal um die Welt?», lacht Aron. «Doch, genau das will ich jetzt machen.», sagt Olf und schaut aufs Meer hinaus. Aron blickt ihn entgeistert an. «Aber Olf, du bist doch schon 82, wie willst du das denn machen, du wirst sterben.» Olf blickt Aron lange an. «Ich halte es einfach nicht mehr aus, es so sehr gewollt und doch nie gewagt zu haben», sagt er verzweifelt, «ich kann einfach nicht mehr.» Aron seufzt. Es ist lange still. «Ich kann dich ja verstehen», sagt Aron schliesslich. «Ich gehe morgen», sagt Olf unsicher. «Was? So schnell?» «Ja, ich will dir keine Zeit lassen, es mir auszureden», lächelt Olf. «Ich werde dich vermissen. Aber vielleicht kommst du ja auch wieder zurück», lächelt Aron zurück. «Ja, vielleicht.» Die beiden Männer umarmen sich lange, dann sagt Aron: «Und nun lass uns noch einmal so richtig Spass haben.» Olf nickt.

Die beiden gehen kichernd in die kleine Wohnkabine. Nach einer Weile kommt Aron in einer leuchtend roten und Olf in einer verwaschenen blauen Badehose wieder heraus. Beide haben ein Badetuch über der Schulter. Sie holen eine Leiter und hängen sie über das Geländer.

Olf ist als erster auf der Leiter. «Spring schon!», ruft Aron ihm von oben zu und lacht. Olf springt lachend ins Wasser. Prustend kommt er wieder an die Oberfläche und ruft: «Nun bist du an der Reihe!». Aron blickt Olf an und klettert vorsichtig die Leiter hinunter. Olf hält seine Hand ins orange-gelbe Sonnenlicht und lacht: «Ich kann das Licht einfangen.» «Und ich kann dich einfangen», schmunzelt Aron. Schnell taucht Olf unter und schreit noch: «Du kriegst mich nicht!» «Und ob!», meint Aron und taucht geschickt ins Wasser. Mit kleinen, schnellen Zügen schwimmt er Olf hinterher. Immer wieder tauchen ihre Köpfe zwischen den kleinen Wellen auf und ihr Prusten und Lachen unterbricht für kurze Zeit das Krächzen der Möwen. Schliesslich legt sich Olf auf den Rücken. «Ich kann nicht mehr, Aron», schreit er laut und blickt sich um. Plötzlich taucht Aron neben ihm auf und ruft: «Also ich kann noch!» Geschickt packt er Olfs Kopf und drückt ihn unter Wasser. Er lässt Olf wieder los, dieser taucht aus dem Wasser auf und sagt: «Das kriegst du zurück!» Sofort packt er Arons Kopf und drückt ihn nach unten. Doch auch Aron taucht kurze Zeit später wieder aus dem Wasser auf. «Na gut, nun kann auch ich nicht mehr», lächelt Aron. «Na endlich, du alte Wasser-ratte!», meint Olf lachend. Sie schwimmen langsam wieder zum Boot zu-rück.

«Hast du Lust auf Croissants mit Himbeermarmelade?», fragt Aron. Olf nickt. «Lust auf Croissants mit Himbeermarmelade und Kaffee», lächelt er. Die beiden klettern müde auf das Boot zurück. Sie setzen sich auf die Holz-bank und trocknen sich ab. «Ich geh Kaffee machen», sagt Olf schliesslich und steht auf. Er trottet in die Wohnkabine und kommt wenig später mit zwei Kaffeetassen heraus. «Hast du auch den Zucker nicht vergessen?», fragt Aron. Olf schüttelt den Kopf und setzt sich zu ihm auf die Bank. Aron reicht ihm ein Croissant, aus dem die Himbeermarmelade nur so quillt. Die beiden beissen fast gleichzeitig in ihre Croissants und kauen langsam. «Deine Crois-sants waren schon immer die besten!» «Das war nicht immer deine Mei-nung», lacht Aron, «deine Croissants haben zu wenig Butter, hast du immer gesagt. Seither nehme ich etwas mehr Butter, den Zusatz-Olf-Butter nenne ich das. Und seither verkaufen sie sich übrigens auch besser.» Olf stösst ihm mit der Hand sanft den Kopf ein wenig zur Seite. «Nicht gleich beleidigt sein, Olf, ich mein das ernst!». «Das werde ich vermissen», sagen die beiden gleichzeitig und lächeln verschmitzt.

Kapitel 5

«Ich denke, wir sollten zurückfahren», sagt Olf und steht auf. «Stimmt», meint Aron. Die beiden gehen schweigend in die Wohnkabine und ziehen sich um. Sie ziehen den rostigen Anker aus dem Wasser und fahren zurück ans Land. Der kleine Steg ist nun leer und auch die anderen Fischerboote, die am Steg angemacht waren, sind weg. «Ich werde dir bei den Vorbereitungen helfen.», sagt Aron «Danke «, sagt Olf und nimmt einen alten Zettel und einen Stift aus seiner Hose. Er legt den Zettel auf den Liegestuhl und murmelt «Also, ich brauche…». Seine Hand zittert leicht als er zu schreiben beginnt.

Er hält Aron den Zettel hin und dieser nickt abwesend. «Ich kann zum Digitalladen drüben auf der Insel fahren, da haben sie bestimmt Batterien, Benzin sollte es dort in der Nähe auch irgendwo geben und meinen Wasserspeicher kann ich dort ja sowieso auftanken.» «2 Kilo Mehl kann ich dir aus der Backstube schmuggeln, Dosenessen sollte bei Luc im Lokal zu finden sein, der verkauft mir sicher etwas davon, alles andere sollte es im Dorfladen geben», ergänzt Aron. Olf nickt und steckt den Stift zurück in seine Hose. «In zwei Stunden wieder hier, abgemacht?», sagt Aron. Olf nickt wieder. Er winkt Aron noch, als dieser vom Boot steigt, und fährt los.

Das Boot tuckert langsam durch die Wellen. Olf blickt immer wieder lächelnd durch das Fenster auf die Weltkarte in der Wohnkabine. Bei einer kleinen Insel legt er an. Er stapft einen breiten, sandigen Weg entlang, bis er zu einem alten Haus kommt, auf dem früher wahrscheinlich einmal mit silberner Schrift *ELEKTROLADEN* gestanden hat. Jetzt ist die Schrift jedoch an vielen Stellen abgebröckelt und einige Buchstaben sind so verblichen, dass man sie kaum lesen kann.

Olf öffnet die Tür und tritt ein. Der Raum ist voll mit Telefons, Radios und Funkgeräten. Ein alter Mann mit langem Bart und grosser Brille sitzt über ein aufgeschraubtes Telefon gebeugt an einem Tisch. «Haben sie Batterien? Batterien für Funkgeräte, die alten Funkgeräte von Yamaha?», fragt Olf unsicher. Der Mann deutet mit dem Kopf stumm zu einer Kiste, auf der mit grossen Buchstaben *BATTERIEN* steht. Olf wühlt lange darin, bis er schliesslich zufrieden acht Batterien herauszieht. Er legt sie dem Mann auf den Tisch und blickt ihn an. «5 Mark», sagt der Mann mit kratziger Stimme. Olf legt ihm vorsichtig einen Schein auf den Tisch und dreht sich um. Als er bei der Tür ankommt dreht er sich nochmals um, holt tief Luft und sagt: «Wissen sie, wo es hier Diesel gibt, Marinediesel?» Der Mann seufzt und zündet sich eine Pfeife an. Der Raum füllt sich mit Rauch. «Im Zubehörladen für Schiffe und Fischer», krächzt er schliesslich und hustet. «Und wo ist der?», fragt Olf schon etwas mutiger. «Gleich um die Ecke, einfach der Strasse entlang und dann rechts abbiegen danach beim… ach egal, halten sie einfach nach einem hässlichen, neumodischen Gebäude mit Glastüren Ausschau, die Insel ist klein» hustet der Mann. «Vielen herzlichen Dank», sagt Olf und verlässt das Geschäft.

Er geht suchend durch die Strassen der Insel und kommt schliesslich zu einem grossen, grauen Gebäude an dessen Glastür *Zubehörladen für Schiffe und Fischer* steht. Olf geht zögerlich hinein und blickt sich um. Überall stehen Regale mit Segelflicksets, Motoren und anderem Zubehör. Ein junger, gutaussehender Mann schreitet majestätisch durch den Raum. Ausser seinen Schritten ist nichts zu hören. «Haben sie Marinediesel?», fragt Olf in die Stille hinein. «Ja, in der Garage, kommen sie doch bitte mit», sagt der Mann. Er führt Olf in eine kleine Garage. Überall stehen graue, gelbe und grüne Kanister herum. «Wie viel von welchem?», fragt der Mann. «Acht graue», antwortet Olf fröhlich. «Gut, ich bring sie ihnen mit dem Traktor zu ihrem Boot, sie sind doch mit dem Boot da, oder?» Olf nickt. «Haben sie Kanister, die ich mit Leitungswasser von hier füllen dürfte?», fragt er selbstbewusst «Klar, ich kann sie ihnen auch mit dem Traktor bringen», entgegnet der Mann. Die beiden gehen in ein Hinterzimmer und kommen wenig später mit einer Schubkarre, auf der acht Wasserkanister stehen, wieder hinaus. Sie laden die grauen Benzinkanister und die Wasserkanister auf einen neu aussehenden Traktor. Der Sitz ist breit und aus Leder, daneben hat es auf beiden Seiten eine Stehfläche, auf der gut zwei Männerschuhe Platz hätten. Die Ladefläche ist riesig und aus glänzendem Metall. Der Mann setzt sich auf den Sitz und sagt: «Kommen sie, steigen sie auf, hier neben dem Sitz ist noch Platz». Widerwillig steigt Olf auf. Die beiden fahren los und lächeln sich an. «Welche Richtung?», fragt der Mann immer wieder und immer weist ihm Olf den Weg. Als sie bei dem Boot ankommen schleppen sie gemeinsam Kanister für Kanister auf das Boot. «Danke», sagt Olf schliesslich und drückt dem Mann einen Schein in die Hand «Das ist jetzt wirklich nicht nötig, aber wenn sie darauf bestehen» seufzt der Mann «Die beiden verabschieden sich und Olf fährt raus. Er lächelt die ganze Fahrt lang.

Aron steht schon mit einem grossen Holzwagen voller Säcke da und wartet. «Na, hast du alles bekommen?» schreit er. Olf nickt und legt an. «Ich auch, sogar noch ein bisschen mehr» schmunzelt Aron. Die beiden laden schweigend die vielen Säcke in die Speisekammer unter Deck. «Ich habe dir eine kleine Box gemacht, mit den Sachen von hier, die du besonders magst», sagt Aron und hält Olf eine grosse Holzkiste hin. Olf blickt Aron gerührt an und umarmt ihn lange. «Komm heut Abend um acht hierher, dann gebe ich dir mein Geschenk», flüstert Olf. «Ja», sagt Aron und lächelt.

Olf wühlt in einer Truhe, die neben seinem Bett steht. Schliesslich zieht er eine kleine Kartonschachtel heraus. Ein kleines Fischerboot aus Holz kommt zum Vorschein, als er sie öffnet. Es ist verstaubt und sieht alt aus. Der Lack blättert an einigen Stellen ab und das fleckige Holz kommt zum Vorschein. *Narnia* steht mit grossen Buchstaben auf einem winzigen Schild aus Pappe, das am Bug hängt. Auf dem Deck steht ein Mann. Er hat einen grossen Regenhut aus dünnem, gelbem Stoff an und trägt eine grosse Fischerhose mit vielen Taschen. Olf blickt lange aus dem Fenster und seufzt. Dann nimmt er eine zweite, kleinere Kartonschachtel aus der Truhe und öffnet sie. In Watte eingebettet liegt ein kleiner, holziger Mann mit Bäckerschürze und Mütze darin. Er hat zwei Croissants in der Hand und lächelt verschmitzt. Olf nimmt ihn vorsichtig heraus und leimt ihn auf das alte Fischerboot neben den anderen Mann. Er legt das Boot wieder in die Kartonschachtel und lässt sich erschöpft aufs Bett fallen. Wenig später schläft er ein.

Die Sonne ist schon fast untergegangen, als eine dunkle Gestalt an das kleine Fenster der Wohnkabine klopft. Olf schreckt auf und öffnet die Tür. Aron lächelt. «Du wolltest mir dein Geschenk geben», sagt er. Olf nickt. Er holt die Kartonschachtel aus der Wohnkabine und legt sie Aron in die Hand. Aron umarmt Olf lange, beiden Männer laufen Tränen über die Wangen. Schliesslich lässt Aron Olf los und steigt vom Boot. Am Ende des Stegs winkt er noch einmal. «Wann fährst du?», ruft er noch. «7 Uhr», schreit Olf und geht in die Kabine. Er zieht sich aus und legt sich hin. Sofort fällt er in einen tiefen Schlaf.

Kapitel 6

Die Sonne ist erst halb hinter dem kleinen Dorf zu sehen. Es weht ein kühler Wind. Olf steht über seine grosse Truhe gebeugt in der Wohnkabine. Er wühlt darin herum und zieht schliesslich einen grossen, glänzenden Kompass und ein langes Fernrohr heraus. Beides legt er auf dem Deck auf den hölzernen Liegestuhl. Er streckt sich, gähnt lautlos und fährt langsam mit den Fingern durch seinen Bart. Der Wind verweht seine Haare, sie stehen ihm überall vom Kopf ab. Er geht wieder nach drinnen und holt einen grossen, gelben Regenhut. Er setzt ihn stolz auf und rückt ihn immer wieder zurecht, wenn der Wind ihn verrutscht. Er steht fast reglos da und schaut zum Dorf. Schliesslich zieht er das schwere Tau, das um den Steg gewickelt war, zu sich und rollt es auf dem Deck zusammen. Er geht in die Fahrerkabine und drückt auf den Startknopf. Das leise Brummen des Motors erklingt. Das kleine Boot entfernt sich nach und nach immer weiter vom Dorf. Olf dreht sich noch einmal um und blickt auf das kleine Haus, auf dem mit grossen Buchstaben *BÄCKEREI* steht. Die Tür geht plötzlich auf und Aron kommt herausgerannt. Eilig knöpft er sein Hemd zu und schlüpft, während er über den Steg rennt, in seine Schuhe. Er hält erst am Ende des Stegs an. Er hebt den Arm und winkt kräftig. Tränen steigen Olf in die Augen, doch er presst die Lippen zusammen und winkt genauso kräftig zurück, solange, bis Aron und das Dorf nicht mehr zu sehen sind. Schluchzend setzt er sich ans Steuer in der Fahrerkabine und schaut in Richtung Meer.

ZWEITER TEIL

Kapitel 1

Das Meer ist spiegelglatt, nur eine sanfte Brise weht. Es ist noch kühl. Ich streife mir eine kleine Wolljacke über. Für den Anfang habe ich eine eher einfache Route gewählt, ich muss nicht weit rausfahren, kann immer in der Nähe der vielen kleinen Inseln bleiben.

Es hat viel Verkehr heute. Ich muss mich konzentrieren, nicht nachlassen. Zum ersten Mal finde ich das Winken der Kapitäne sympathisch. Ich winke kräftig zurück. Zum Glück ist heute für den Start so schönes Wetter, obwohl, ein bisschen mehr Wellen würden mir schon gefallen…

Die Sonne blendet auf dem Wasser. Ich versuche auf dem kleinen Hocker eine bequeme Position zu finden. Ich würde mich gerne kurz hinlegen oder mir etwas zu essen machen, doch beides ist zu riskant. Ich verfolge meine Position auf dem kleinen Bildschirm in der Steuerkabine, es ist nicht mehr weit, nur noch etwa eine halbe Stunde. Langsam wird es dunkel und in der Ferne tauchen endlich die Lichter vom Hafen auf. Ich seufze erleichtert: ich habe es geschafft, ich habe mein erstes Ziel erreicht. Ich mache das Boot fest und gehe auf die Hafenpromenade. Erst wanke ich noch ein bisschen, weil ich den ganzen Tag auf dem Boot war, aber es fühlt sich gut an, wieder auf festem Boden zu stehen.

Im Hafen herrscht fröhliches Treiben. Fischer unterhalten sich auf ihren Booten, Jugendliche treffen sich für den Ausgang, Hundebesitzer führen ihre

Hunde spazieren und ein paar Touristen bestaunen die alten Hafenmauern. Ich gehe in ein kleines Restaurant, welches direkt am Hafen liegt. Es riecht lecker nach Muscheln. Das könnte ich jetzt auch gut gebrauchen, so einen richtig grossen Teller Muscheln. Ich bestelle. Ich habe den ganzen Tag nichts gegessen und bin froh, endlich wieder etwas in den Magen zu bekommen.

Als ich das Restaurant verlasse, verspüre ich plötzlich Lust, in eine Kneipe zu gehen, Bier zu trinken und eine Pfeife zu rauchen. Ich muss ja nicht lange bleiben, und ich könnte schlimmstenfalls morgen auch mal ein bisschen später losfahren. Lautes, fröhliches Singen dringt mir entgegen. Ich sehe fünf Männer, die an einem Tisch sitzen und Seemannslieder singen. Ich lächle. Am liebsten würde ich lauthals mitsingen. Ich stelle mich schweigend an die Bar und bestelle ein Bier. Lange höre ich den Männern zu, trinke ein zweites Bier, dann ein drittes und ein viertes. Als die Männer verstummen und die Kneipe torkelnd verlassen, gehe ich auch wieder zu meinem Boot und lasse mich erschöpft auf mein Bett fallen.

Kapitel 2

Als ich aufwache, ist es draussen schon hell. Ich strecke mich müde und will gemütlich weiterschlafen, als mein Blick auf den Wecker fällt. Er zeigt *09:13*. Ich sollte eigentlich schon seit über zwei Stunden weg sein… Sofort stehe ich auf, klettere die Leiter in die Vorratskammer hinunter und hole einen Sack Haferflocken. Ich koche mir Haferbrei und esse ihn schnell im Stehen. Kurz darauf sitze ich schon am Steuer und manövriere das Boot aus dem Hafen. Ich darf jetzt keine Zeit mehr verlieren, sonst kann ich meinen Plan nicht einhalten.

Die See ist recht ruhig. Es hat nur kleine Wellen, doch viele graue Wolken werfen einen dunklen Schatten aufs Wasser. Ich mag solche Tage gar nicht, man weiss nie ob und wann es regnet. Ich hole meine Regenjacke vom Haken in der Wohnkabine, nur für den Fall. Ich beeile mich, ich weiss, dass ich nicht vom Steuer weg sollte, dass es gefährlich ist, aber es geht ja schnell, denke ich, in dieser Zeit wird bestimmt nichts passieren. Kaum habe ich meine Jacke angezogen, beginnt es zu regnen. Das Meer ist noch grauer und von den Regentropfen voller kleiner Ringe. Ich rümpfe die Nase. Ich friere. Ich sollte jetzt wirklich nicht krank werden, das kann ich mir nicht leisten.

Es beginnt heftig zu winden, die Wellen werden höher. Ich werde hin und her geworfen und stosse gegen die Wände der kleinen Kabine. Besorgt schalte ich das Radio ein. Eine dumpfe Stimme sagt: «Herzlich willkommen beim Seewetterbericht, jetzt das aktuelle Wetter: Ein kleiner Sturm mit Windstärke 7-9 ist von Westen her im Anflug, er wird über…». Zufrieden lächelnd schalte ich das Radio wieder aus. Ein kleiner Sturm ist genau das, was ich mir als Nervenkitzel gewünscht habe. Die Wellen werden grösser, es regnet heftiger. Ich muss gut aufpassen, die Wellen immer von vorne oder hinten erwischen. Das Steuerrad gut festhalten. Ich lache, ich liebe es, von den Wellen hin und her geschleudert zu werden und dem Regen zuzusehen.

Die Wellen flachen langsam wieder ab und es regnet nicht mehr so stark. Ich bin wohl schon wieder aus dem Sturm herausgefahren. Ich bin ein wenig enttäuscht. Der Sturm war zu schwach und zu kurz. Am Horizont sehe ich Land. Ich habe mein zweites Ziel erreicht.

Ich mache *Narnia* fest und gehe an Land. Es herrscht riesiges Gewimmel. Rund um den modernen Hafen verkaufen Fischer an Ständen oder in kleinen Lokalen ihren Fang. Es riecht nach Whiskey und Lachs. Ich schlendere der Hafenpromenade entlang, schliesslich stelle ich mich bei einem Stand an, der Fische und Pommes verkauft. Ich muss lange warten, ein junger Mann reicht mir schliesslich eine Schale Pommes und einen in Kartonpapier eingewickelten Fisch. Ich nehme alles und gehe langsam in die Stadt hinein.

Planlos schlendere ich durch die immer leerer werdenden Gassen. Aus Bars und Clubs dringt laute Musik und das Reden der Menschen. Doch heute verlockt es mich nicht hineinzugehen. Plötzlich öffnen sich die Gassen auf einen kleinen Strand zu. Ein kleiner, algenbewachsener Holzsteg führt ins dunkle Meer hinaus und viele kleine Felsen ragen aus dem Wasser. Es ist ganz still, nicht einmal das Kreischen der Möwen ist zu hören. Glücklich setze ich mich ans Ende des Stegs und lasse meine Beine baumeln. Ich esse fertig. Meine Augen fallen mir zu und mein Kopf fällt zur Seite.

Als ich wieder aufwache hat sich das Meer zurückgezogen, und viele Leute sammeln am Strand Krebse. Die Lichter ihrer Stirnlampen huschen über den Sand. Ab und zu kann man erfreute Rufe hören. Ich sehe mich um und stehe auf. Es ist bestimmt schon spät und ich sollte ins Bett gehen. Also laufe ich hastig zurück zum Hafen und gehe in mein Boot. Ich schlafe sofort ein.

Kapitel 3

Ich wache auf. Das Meer ist rötlich. Ich gehe aufs Deck. Ich liebe es, der Sonne zuzusehen, wie sie ganz langsam hinter dem Horizont auftaucht. Lange stehe ich einfach still da. Als die Sonne schon fast aufgegangen ist, gehe ich wieder in die Fahrerkabine. Ich setze mich ans Steuer. Für heute habe ich eine lange Route geplant, ich werde vielleicht bis in die Nacht hinein fahren müssen. Die See ist unruhig. Es hat viele Wellen und ein heftiger Wind weht. Ich hätte mir für die lange Route einen etwas schöneren Tag gewünscht. Zum Glück habe ich die Regenjacke und den Pullover noch in der Steuerkabine. Ich ziehe beides an. Nur einzelne Boote sind unterwegs. Immer wieder winke ich den Kapitänen, doch heute sieht mich fast niemand. Ich seufze. Zum ersten Mal beginne ich mich ein bisschen allein zu fühlen, ohne Kapitäne, die mir winken, ohne singende Männer, ohne Leute, ohne Aron. Ich muss noch lange so alleine weiterfahren. Das könnte langweilig werden.

Meerwasser schwappt aufs Deck und trotz der geschlossenen Türe werden meine Schuhe nass. Meine Nase läuft. Ich muss mich zusammenraffen. Ich darf auf gar keinen Fall krank werden! Ich sehe das Meer nur noch als schwarzen Schatten. Mein Nacken ist steif und immer wieder fallen mir die Augen zu. Ich versuche, mich wachzuhalten und sage mir immer wieder, dass es nicht mehr weit sei, dass ich fast schon da sein müsste.

In der Ferne taucht ein Hafen mit bunten Lichtern auf. Als ich näherkomme, erkenne ich, dass es die Lichter von vielen Discokugeln und Girlanden sind, welche an Booten, Bäumen, Strassenlaternen und an Gebäuden aufgehängt wurden. Bestimmt feiern sie ein Fest. Ich kann weit entfernt rockige Musik hören. Ich lächle. Ich freue mich auf die vielen Menschen und das Bier.

Auf einer grossen Bühne wird fröhlich getanzt. Ich hole mir von einem kleinen Stand ein Bier und stelle mich etwas abseits an einen Baum. Ich schaue den Tanzenden zu, plötzlich beginnt mein rechtes Bein zu wippen, dann mein linkes. Ehe ich mich versehe, stehe ich mitten in den vielen Menschen und tanze. Ich singe und tanze. Als ich es realisiere, will ich wieder aus der Menge raus, doch ich komme nicht mehr aus dem Gedränge heraus. Allmählich beginne ich mich wohlzufühlen, mitten in den vielen Menschen. Ich bleibe, tanze weiter.

Plötzlich kommt ein junger Mann auf mich zu. Er trägt eine rote Hose und ein blaues Hemd, seine Haare sind sorgfältig nach hinten gekämmt. Er kämpft sich durch die Menge zu mir hindurch, ich will abhauen. Ich versuche mich durch die Menge zu kämpfen, doch die Leute drängeln und schubsen, sodass es fast unmöglich ist, wieder aus ihnen herauszukommen. Ich seufze. Der Mann kommt immer näher, bis er ganz nahe bei mir steht. Er hebt die Hand und sagt mit einer sanften Stimme: «Guten Abend, willkommen bei uns, da haben sie aber Glück, dass sie genau heute für unser grosses Fest kommen, ihnen gehört das alte Boot dort drüben, oder?», ich nicke. Wir gehen zusammen zum Bierstand und unterhalten uns ein wenig. Ich erfahre, dass der Mann Fischer ist und Elias heisst. Ich geniesse es, nach den beiden Tagen allein auf dem Schiff, wieder mit jemandem zu sprechen. Es kommen immer mehr Menschen an den Bierstand, es wird immer enger. Schliesslich wird es mir etwas zu eng und ich frage Elias, ob wir vielleicht nicht an einen anderen Ort gehen könnten. Doch er antwortet nur: «Ach wissen sie, ich muss leider schon gehen, ich muss morgen früh noch rausfahren, aber gute Weiterfahrt morgen», dann geht er so rasch wieder, wie er gekommen ist. Ich schaue ihm verwirrt hinterher.

Ich lasse meinen Blick über das Meer schweifen. Ich sehe Elias über den Steg laufen. Er geht zu meinem Boot. Er springt hinein. Ich stutze, kneife die Augen zu, bilde ich mir das alles nur ein? Ich greife in meine Hosentasche, in den Sack, in dem mein Schlüssel liegt. Der Sack ist leer. Da beginne ich zu verstehen, was sich hier gerade abspielt.

Ich kämpfe mich hilflos durch die Menschen und renne auf den Steg zu. Ich schreie so laut ich kann: «Er klaut mein Boot, Elias klaut mein Boot» Eine Gruppe Leute springt vom Bierstand auf und rennt mit mir mit. Ich sehe gerade noch, wie sie etwas hinter mir den Steg erreichen, dann wird mir schwarz vor den Augen.

27

Kapitel 4

Ich liege in einem grossen, weissen Bett. Ich blicke zu meinem Bein, es ist in einen riesigen, blütenweissen Gips eingepackt. Am Fussende des Bettes steht eine Frau. Sie hat lange, braune Haare und sonnengebräunte Haut. Sie trägt ein rotes, ausgeleiertes T-Shirt und eine dicke, grüne Wolljacke. «Was ist mit Narnia?», presse ich hervor. «Das Boot?», fragt die Frau. Ich nicke. «Phillip hat den Dieb mit seinem Schnellboot verfolgt, bestimmt hat er ihn schon längst geschnappt.», fährt sie fort. «Aber nun kümmern sie sich mal um sich selbst, vor allem um ihr Bein, es ist angebrochen und sie müssen zwei Tage im Krankenhaus bleiben, dann noch weitere drei Wochen mit Krücken gehen», sagt sie streng. Ich öffne erschrocken den Mund. «Verdammte Scheisse! So kann ich meinen Plan nicht einhalten! Ich muss doch morgen weiter, ich darf nicht hierbleiben und mit Krücken weiterzufahren ist auch viel zu gefährlich!», klage ich «Wie wäre es, mir danke zu sagen, dass ich sie gerettet habe als sie ausgerutscht sind?», schmunzelt die Frau. Ich lächle ein klein wenig. «Danke.»

Ein Pfleger mit einem grossen, weissen Kittel öffnet die Tür zu meinem Zimmer. «Die Besucherzeit ist vorbei, der gnädige Herr braucht Ruhe, wir bitten sie, das Zimmer nun wieder zu verlassen», sagt er mit ruhiger Stimme. Die Frau verlässt das Zimmer und der Pfleger kommt zu mir. Er gibt mir allerhand Medikamente und fragt nach meinen Schmerzen. Dann ist es wieder still im Zimmer und ich beginne nachzudenken. Wie soll ich jetzt bloss die Reise fortführen, ich habe alles genau geplant, ich kann nicht einfach drei Wochen am gleichen Ort bleiben. Aber ich kann auch nicht alleine mit Krücken aufs Meer. Dann beginne ich plötzlich, eine aussergewöhnliche Sehnsucht nach Narnia zu verspüren, wie sie sich in den Wellen wiegt, wie ihr Motor tuckert.

Ich schaue mich im Zimmer um. Direkt neben meinem Bett liegen zwei Krücken. Ich nehme sie hoch und setze mich in meinem Bett auf. Vorsichtig stehe
ich auf und stütze mich auf die Krücken. Alles dreht sich. Doch ich hinke
verbissen weiter, bis zu der Türe. Ich atme schneller, lasse die Krücken los
und versuche an der Türe Halt zu finden. Alles dreht sich rasend schnell und
ich nehme die Umgebung nur noch verschwommen wahr. Ich öffne mit
Mühe die Türe und hüpfe hinaus. Dann verliere ich den Boden unter den
Füssen.

Kapitel 5

Ich blinzle. Neben dem Bett steht der Pfleger. Die Arme vor der Brust verschränkt. Neben ihm steht die Frau. Die Arme auf den Bettrand gestützt. «Sie wollten abhauen, was? Sie müssen sich schonen, verstehen sie das nicht?», fragt der Pfleger leicht genervt. Dann beginne ich zu erzählen. Dass ich eine Weltreise mache, wie ich alles geplant habe, dass ich nicht hierbleiben kann, dass ich aufs Meer will, dass ich nicht alleine mit Krücken rausfahren kann…

Der Pfleger nickt verständnisvoll. «Aber zwei Tage ohne Meer, ist das nicht auszuhalten?», fragt er. Ich schüttle den Kopf. «Das ist schon auszuhalten, aber es ist nicht auszuhalten, über drei Wochen nicht rausfahren zu können, weil das alleine mit Krücken zu gefährlich ist.

«Wohin fahren sie denn?», fragt die Frau. «Richtung Nordwesten, der Küste entlang», erwidere ich. «Ich könnte mit ihnen mitfahren, bis sie die Krücken weghaben, dann käme ich mal weg von hier und könnte ein wenig aufs Meer», sagt sie, und ich meine, in ihrem Gesicht ein kleines Lächeln zu erkennen. Ich strahle. «Das wäre wunderbar! Dann könnte ich in zwei Tagen weiterfahren». «Ja, Boot fahren kann ich zwar nur so mittelmässig, aber das übernehmen dann einfach sie.» «Ich kann es ihnen auch beibringen», entgegne ich. Ich bin glücklich. Ich kann weiterfahren. Als ich sie anblicke, sehe ich, dass sie sich freut.

Der Arzt kommt alle zwei Stunden wieder herein und macht eine Kontrolle, spricht ein wenig mit mir und geht wieder. Sonst ist es ganz still im Zimmer. Die Vorhänge sind zugezogen und ich habe keine Ahnung, welche Zeit gerade ist.

Kapitel 6

Plötzlich geht die Tür schwungvoll auf und ein junger Mann kommt herein. Er lächelt. «Ich bin Phillip, ich habe ihr Boot zurückgeholt. Es ist wohlbehalten am Hafen, aber es war ziemlich knapp. Es ist ein wirklich tolles Boot, passen sie ein wenig besser darauf auf! Hier, der Schlüssel.», sagt er lächelnd. Er legt den Schlüssel auf den Nachttisch und verschwindet. Ich bin etwas perplex, nehme den Schlüssel und drücke ihn fest an mich. «Narnia, ich bin bald wieder bei dir», denke ich und versuche die Tränen zurückzuhalten. «Ich vermisse dich», flüstere ich leise.

Ich muss eingeschlafen sein, als ich aufwache, sind die Vorhänge zurückgezogen und die Frau steht neben meinem Bett und macht ein betrübtes Gesicht. «Die Ärzte haben beschlossen, sie noch eine Nacht zu behalten», murmelt sie. Ich seufze und nicke langsam. Dann geht sie wieder, mit einem noch betrübteren Gesicht. An diesem Tag ist nicht mehr viel los. Nur der Pfleger kommt einmal zur Kontrolle. Am Abend bin ich trotzdem so erschöpft, dass ich sofort einschlafe. Als ich am Morgen aufwache, liegen meine Kleider ordentlich auf dem Stuhl und die Krücken sind ans Bett gelehnt. Mein linker Schuh steht auch schon bereit. Der Pfleger sagt: «Wir müssen ihren Gips durch einen Kleineren ersetzen, mit dem sie dann auch aufs Boot können.» Ich nicke und freue mich, lasse mir aber nichts anmerken. Die Frau steht mit einem kleinen Koffer neben dem Bett und ist dabei, in einem Buch über Schiffsfahrt zu blättern. «Nun halten sie mal schön still, dann können wir nachher gehen!», ruft sie, «ich bin schon ganz aufgeregt». Ich nicke. War es richtig die Frau einfach so auf mein Boot zu lassen? Ist sie eine Diebin? Ist das vielleicht ein Trick? Wieso will die Frau überhaupt auf mein Boot? Wieso ist sie so nett? Freut sie sich wirklich, oder tut sie nur so? Ich seufze und sage leise zu mir: «Olf, du alter Esel, du hat jetzt ja gesagt, du kannst nicht mehr zurück, diese Frau ist bestimmt nett und du wirst den Grund, wieso sie auf dein Boot will, schon noch erfahren».

Ich gehe humpelnd neben der Frau her. Wir gehen zum Boot. Niemand sagt etwas. Niemand weiss, was sagen. Niemand will etwas sagen. «Wie heissen sie eigentlich?», fragt die Frau plötzlich. «Olf Jabel», murmle ich. «Anna Saibling», erwidert sie ruhig.

Wir besteigen das Boot. Ich hinke übers Deck und fahre mit meinen Fingern behutsam über das Geländer. «Narnia, ich bin so froh, dich wiederzusehen, ach Narnia, hoffentlich ist dieser Hohlkopf Elias auch gut mit dir umgegangen», wispere ich. Anna öffnet die Tür zu Wohnkabine und tritt hinein. «Wow, sie haben es ja total gemütlich hier!», sagt sie bewundernd. «Wo soll ich denn schlafen, ich habe eine Hängematte dabei, ich könnte sie irgendwo aufhängen», fügt sie an. Ich nicke. «Sie können ihre Hängematte gerne irgendwo aufhängen, machen sie einfach mal, ich kann immer noch sagen, wenn mich etwas stört, sie wohnen schliesslich jetzt auch hier». Anna beginnt auszupacken und ein paar Möbel herumzuschieben und hängt ihre Hängematte zwischen zwei Balken auf. Als sie fertig ist, geht sie noch in die Speisekammer und legt ihr mitgebrachtes Essen hinein. Wir reden kaum miteinander. Abends legen wir uns einfach hin, murmeln noch ein Gute Nacht und schlafen dann beide ein.

Kapitel 7

Als ich wieder aufwache, riecht es im Boot lecker nach Fisch. Ich blinzle. Anna steht am Herd und werkelt. Ich lächle. «So toll, nun gibt es nicht mehr immer nur Haferbrei oder Reis», sage ich. Anna dreht sich um und lacht. Doch in ihrem Blick ist etwas, das mir verrät, dass sie es nicht nur lustig findet, sie guckt ein bisschen genervt, als hätte sie sich über irgendetwas geärgert. Nach dem Essen gehe ich in die Fahrerkabine. Meine Hände kribbeln, so aufgeregt bin ich: Ich kann wieder rausfahren, die Meeresluft riechen und mich mit den Wellen hin und her wiegen.

Die See ist ruhig heute. Der Himmel ist blau, keine einzige Wolke ist zu sehen. Ich gebe Gas, geniesse es, über das Wasser zu fliegen. Immer wieder drehe ich mich um, und sehe, wie Anna sich über das Geländer lehnt und juchzt. Dann lächle ich.

Mit der Zeit beginnt mein Bein zu schmerzen. Meine Hände sind schweissnass. Ich öffne die Tür der Fahrerkabine und rufe zu Anna: «Ich kann nicht mehr, wollen sie mal?». Anna erwidert: «Ich kann es probieren, aber sie müssen mir helfen». Ich nicke. Anna kommt in die Fahrerkabine, und wir sitzen eng aneinandergedrückt. Ein paar Mal rufe ich lachend: «Schneller, so kommen wir ja nie ans Ziel!». Doch sie schmunzelt jeweils nur und tuckert gemächlich weiter. Schliesslich schwitzen wir beide in der kleinen Kabine so fest, dass ich hinausgehe und das Fahren ihr überlasse. Ein bisschen Angst habe ich schon und werfe immer wieder einen Blick zu ihr hinüber.

Es wird dunkel und in der Ferne taucht ein Hafen auf: Unser nächster Halt! Wir gehen an Land, etwas Kleines essen. Es ist mein erster ganzer Abend mit Anna an Land. Ich bin aufgeregt, denn ich werde einfach nicht schlau aus ihr. Auch die gemeinsame Zeit auf dem Meer hat nicht geholfen. Wir schweigen. Ich überlege, was ich sagen könnte, lasse es dann aber ganz. Wir reden nur das Allernötigste. Als wir zurückkehren, gönne ich mir auf Deck noch einen Whiskey, Anna geht gleich schlafen.

Kapitel 8

Am nächsten Morgen, als ich aufwache und verschlafen aus dem Fenster blicke, erschrecke ich: wir sind auf dem offenen Meer. Hat es uns rausgetrieben? Ich hüpfe so schnell wie möglich aufs Deck und stelle erstaunt fest, dass Anna in Bademantel und Hausschuhen am Steuer steht und einen Tee trinkt. «Guten Morgen, der Herr», ruft sie. Ich schüttle verwirrt und auch etwas wütend den Kopf. «Würden sie bitte Frühstück machen, wir müssen uns die Arbeit hier ein bisschen teilen», sagt Anna keck. Ich bin so perplex, dass ich einfach nicke und wieder in die Kabine gehe. «Ach und vergessen sie nicht, dass ich keinen Haferbrei mag», ruft sie mir noch hinterher. Ich mache ein Spiegelei und bringe Brot und Marmelade hinaus zu Anna, sie nickt mir kurz zu und steuert gemütlich weiter. Ich bin etwas erstaunt und ein wenig wütend auf Anna, gleichzeitig gefällt sie mir aber auch, ich finde sie sympathisch, mit ihrer eigenen, manchmal ein bisschen abweisenden Art. Ich esse mein Frühstück auf dem Deck und schaue aufs Meer hinaus. Als ich fertig bin, lege ich mich wieder auf mein Bett und lese ein bisschen in der Zeitung, die wir gestern mitgenommen haben. Überall haben sie Probleme mit diesen Seemöwen, es gibt einfach zu viele davon.

Ich gehe aufs Deck und schaue Anna zu, wie sie konzentriert aufs Meer schaut. Nach einer Weile bemerkt sie mich, und lächelt mir zu. Ich lächle zurück und gehe wieder in die Wohnkabine. Plötzlich muss ich an Aron denken. Ich vermisse ihn. Morgen werde ich ihm schreiben! Mir läuft eine Träne über die Wange. «Ich weiss nicht wieso, Aron, aber ich vermisse dich so sehr!», flüstere ich. «Ich habe Sehnsucht, mit dir zu schwimmen, zu spazieren, den Sonnenuntergang anzuschauen». Mit Anna ist es ja ganz nett. Aber doch sehr distanziert. Ich fasse einen Entschluss. Ich gehe zu Anna und rufe ihr zu: «Haben sie Lust, dass wir heute an Land noch irgendwo einen Apéro trinken gehen? Und übrigens finde ich, wir sollten uns von jetzt an duzen». Anna nickt mir zu und schaut dann wieder aufs Meer hinaus. Ich gehe betrübt in die Kabine zurück. «Versuch missglückt», flüstere ich enttäuscht. Als es langsam Abend wird, steuert Anna in den Hafen und legt an. Sie kommt zu mir in die Kabine. «Sie, ähm, du hast doch gesagt, dass wir noch gemeinsam an Land gehen, na dann auf jetzt!», sagt sie lächelnd. «Versuch doch nicht missglückt», denke ich und nicke glücklich. Wir gehen nebeneinander die Hafenpromenade entlang, inzwischen bin ich schon recht geschickt mit den Krücken.

Es sind nur wenige Leute unterwegs und die meisten Geschäfte sind geschlossen. In der Altstadt finden wir eine einzige Bar, die gerade öffnet. Wir setzen uns an einen kleinen Tisch und bestellen zwei Pastis. Aus den Boxen kommt laute Musik, ein kräftiger Afrosound. Wir lächeln beide. Nach einer Weile steht Anna auf und geht nach hinten zu den tanzenden Leuten. Nach einer Weile kommt sie zurück und fordert mich lachend auf, mitzukommen. Ich stehe auch auf und humple widerwillig zu ihr. Mit der Zeit bin ich vom Tanzen mit den Krücken so ausser Atem, dass ich mich auf eine Kiste neben der Bühne fallen lasse und ein wenig verschnaufe. Anna kommt zu mir und beugt sich besorgt zu mir herunter, genauso wie sie es gemacht hat, als ich auf dem Steg ausgerutscht bin.

Sie lächelt und sagt: «Ist der alte Herr müde?» Ich nicke. «Na dann wollen wir mal was essen und ihn dann ins Bett bringen!», antwortet sie. «Hey, nicht so frech junge Lady, ich will noch mit dir den Sonnenuntergang geniessen», sage ich zwinkernd. «Ok, lass uns gehen, Olf.» Wir gehen zurück zum Boot und stellen uns mit Wolljacken aufs Deck. Sie Sonne steht direkt über dem Horizont. «Wusstest du, dass Frauen lange keine Kapitäninnen sein durften? Man sagte, ihr Körperbau sei nicht dafür geeignet und sie könnten keine so grosse Verantwortung tragen und blablabla» «Frechheit!», schimpfe ich, «klar können Frauen Kapitäninnen sein, genauso wie Männer es können». «Noch heute sind ein grosser Teil der Kapitän*innen Männer», sagt Anna. «Die erste Kapitänin, Annelise Teetz musste sich sogar als Mann verkleiden, um überhaupt das Kommando über ein Schiff übernehmen zu dürfen» fährt sie aufgebracht fort. «Das will ich ändern, wenn ich älter bin, will ich Kapitänin eines riesengrossen Schiffs werden und werde allen Männern zeigen, wie gut Frauen diese Verantwortung übernehmen können! Die Männer in meinem Heimatdorf haben mich nur belächelt, und gesagt, Schiffsmechanikerin sei schon gut genug für eine Frau, mein Vater hat mir nicht einmal die Schiffsmechaniker-Ausbildung bezahlt, meinem Bruder aber schon, so jetzt weisst du, warum ich auf dein Boot wollte.», fährt sie fort und schüttelt wütend den Kopf. «Ach so, damit du von diesen Eseln wegkommst und vielleicht doch noch Kapitänin werden kannst», sage ich. Sie nickt und spuckt wütend ins Wasser. Ich tue es ihr nach. «Auf wen spuckst du?», fragt sie. Auf die Männer in meinem Dorf, die mich alten Spinner nannten, die mich ausgelacht haben, als ich ihnen nach einer Fischertour von einer Insel erzählte, die ich glaubte, entdeckt zu haben!», sage ich betrübt. «Hast du denn wirklich eine Insel entdeckt?», bohrt Anna nach. Ich zucke mit den Schultern. Anna nickt nur und blickt wieder aufs Meer hinaus. Wir schauen der Sonne zu, wie sie hinter dem Horizont verschwindet.

Kapitel 9

Als ich ein paar Tage später früh am Morgen aufwache, ist die Tür zur Wohnkabine schon offen und eine kalte Brise weht herein. Anna steht auf dem Deck und betrachtet gedankenverloren ihre Hände. Plötzlich höre ich einen lauten Schrei, dann ein Scheppern. Ich zucke zusammen und hüpfe sofort zu Anna. Sie schaut beunruhigt aufs Meer hinaus. Etwa hundert Meter vom Hafen entfernt treibt ein Fischerboot. Es schein ein Leck zu haben. Es sinkt. Ein paar Meter weiter aussen rast ein Schnellboot vorbei. Nur langsam begreife ich, was gerade passiert sein muss: Das Schnellboot hat das Fischerboot gerammt und fährt jetzt einfach weiter. «Wir müssen den Leuten auf dem Fischerboot helfen! Das Wasser ist kalt und sie sind recht weit draussen!», schreie ich. Anna nickt und macht Narnia sofort vom Steg los. Ich humple hastig in die Fahrerkabine und gebe Gas. Als wir ankommen, ist das Boot schon halb untergegangen. Nur noch der Bug ragt aus dem Wasser. Ein Mann treibt im Wasser. In seinen Armen hält er ein Kind. Ich lasse die kurze Leiter herunter. Der Mann klammert sich an die unterste Sprosse der Leiter und schiebt das Kind hoch. Ich fasse es an den Händen und ziehe es nach oben. Es ist ein vielleicht sieben- oder achtjähriges Mädchen. Ich bringe ihr eine Decke. Der Mann hängt noch immer unten an der Leiter. Ich schreie, er solle weiter heraufklettern. Er streckt den Arm aus und greift nach der nächsten Sprosse. Er versucht, sich hochzuziehen, doch seine Arme geben nach. Die Sprosse entgleitet ihm, und bald sind nur noch seine Haare zu sehen. Ich schreie, Anna springt ins Wasser. Wenig später taucht sie wieder auf und hält den nun ohnmächtigen Mann an der Stirn und im Nacken fest. Ich biege mich über das Geländer und greife nach seinen Armen. Ich ziehe in vorsichtig aufs Deck. Anna klettert nach oben und bringt den Mann in die Seitenlage.

Das Mädchen stürzt sich auf den Mann, schreit und zieht ihn an den Haaren. Der Mann erwacht. «Melanie, ach Melanie!», schluchzt er. Dann schaut er sich plötzlich erstaunt um. «Wo sind wir?», fragt er. «Die beiden da haben uns gerettet», antwortet das Mädchen. Der Mann schaut uns an und murmelt ein müdes: «Danke». Er ist triefnass und beginnt zu zittern. Ich lege ihm eine Decke über die Schultern. «Glauben sie, man kann noch etwas aus dem Boot retten?», fragt der Mann. «Ich fürchte eher nicht, das Wasser ist da sehr tief, aber um ganz sicher zu sein, müsste man bei der Polizei nachfragen», sage ich. «Alles, unser ganzes Hab und Gut war auf dem Boot», seufzt der Mann und über seine Wange läuft eine Träne. «Sie haben aber nicht etwa auf dem Boot…», hauche ich. «Gelebt, doch haben wir. Jetzt ist alles weg, einfach futsch, wir haben noch nicht einmal einen Platz zum Schlafen!» Anna wirft mir einen fragenden Blick zu. Ich nicke zögerlich. «Also von uns aus können sie noch eine Weile hierbleiben», sagt Anna, «Wir würden einfach unsere Route weiterfahren. Ich bleibe nur noch so lange auf dem Boot, bis er seine Krücken nicht mehr braucht, aber er fährt von hier aus immer in Richtung Westen, den nördlichen Küstengegenden entlang. Was meinen Sie?», fragt Anna. Der Fischer nickt nachdenklich. «Ich habe einen Bruder, er wohnt in einem kleinen Dorf an der Küste, von hier ungefähr zwei Wochen Fahrzeit auf ihrem Kurs, denke ich. Sie könnten uns bis zu ihm mitnehmen». «Hm, zwei Wochen ist schon ziemlich lange, aber die Gesellschaft zweier junger Leute kann ja nicht schaden, na gut, einverstanden», murmle ich. «Danke!», sagt der Fischer und blickt seine Tochter an. «Ist das gut, Melanie?» Das Mädchen nickt nur. «Ich bin übrigens Olf und die Frau, die sie gerettet hat, heisst Anna», sage ich. «Ich heisse Lukas und meine Tochter Melanie. Sie ist 7 Jahre alt». «Ich bin 82, bald 83 Jahre alt», flüstere ich. Lukas schmunzelt, «doppelt so alt wie ich».

Ich begutachte den verfärbten Gips, in den mein Bein eingewickelt ist. Ich habe schon fast keine Schmerzen mehr. Eigentlich sollte mich das freuen, aber das Heilen des Beines und das Wegnehmen des Gipses bedeuten auch, dass Anna gehen wird. Dass ich allein sein werde mit Lukas und Melanie. Der Gedanke daran macht mir Angst.

Kapitel 10

Ich fahre in den Hafen zurück. Unser Anlegeplatz ist noch frei. «Soll dich jemand auf die Polizei begleiten?», frage ich. «Ich mache das!», ruft Anna etwas voreilig. «Danke», murmelt Lukas. «Soll ich in dieser Zeit auf Melanie aufpassen oder willst du sie mitnehmen?», frage ich. «Nein, das wäre gut, wenn sie hierbleiben könnte», murmelt Lukas. «Dann bis bald!», rufe ich und nehme Melanie an der Hand. Ich gehe mit ihr aufs Boot und frage leise: «Was machst du denn gerne, Melanie?». Melanie zuckt mit den Schultern. Ich seufze und wünsche mir, Aron wäre hier. Er hätte bestimmt gewusst, was man mit so einem Mädchen machen könnte… Schliesslich kommt mir Grossvater in den Sinn. Er ist immer mit uns fischen gegangen, als wir klein waren. «Weisst du was, wir gehen fischen, ja?», frage ich und schaue Melanie erwartungsvoll an. Sie nickt. Ich hole das Angelzeugs aus dem Schuppen und setzte mich mit Melanie auf die Hafenmauer. Ich gebe ihr eine Angel. Wir reden kaum miteinander. Einmal gehe ich gehe zu einem Crêpe-Stand in der Nähe und kaufe uns zwei Crêpes. Melanie nimmt sie wortlos entgegen. Am frühen Abend zuckt es plötzlich an ihrer Angel. Einmal, zweimal, ein grosser Kabeljau ist an ihrer Angel. Gemeinsam schaffen wir es, ihn aus dem Wasser zu ziehen. Wir staunen beide. Zum ersten Mal schenkt sie mir ein zaghaftes Lächeln. Als es schon dunkel ist, kommen Anna und Lukas zurück. Ich bereite Melanies Kabeljau mit Fenchel und Zitrone zu und koche Kartoffelbrei für alle.

«Konntest du das mit der Polizei regeln?», frage ich vorsichtig, als wir fertig gegessen haben. Lukas nickt, «Sie meinten, da sei nichts mehr zu machen, das Wasser sei dort viel zu tief. Aber sie haben Kontakt mit dem Justizzentrum aufgenommen und ich habe eine Anklage gegen Unbekannt gemacht, aber sie meinten, bis die durch sei, könne es lange dauern…. Und diese Sachen mit Geld und ID und so, regle ich dann, wenn ich bei meinem Bruder bin. Ich habe ihnen die Adresse angegeben. Und auch eure Auslagen könnte ich dann erst dort begleichen» «Alles klar», sage ich erleichtert. «Ich bringe mal Melanie ins Bett», sagt Lukas und steht auf. Mein Blick fällt auf zwei Matratzen in der Ecke des Raumes. Anna hat sie wohl für die beiden aus dem Schuppen geholt und hergerichtet. «Ich bin recht müde, ich glaube ich leg mich auch mal hin, und du?», fragt Anna. «Ich gehe noch ein bisschen aufs Deck, so früh kann ich eh noch nicht schlafen, junge Lady», sage ich und schmunzle. Anna lacht leise und legt sich in ihre Hängematte.

Als ich nach draussen komme, weht ein kalter Wind. Die Wellen wiegen das Boot sanft hin und her. Ach, wie ich sie liebe diese Weite, diese Unberechenbarkeit. Ich nehme ein leises Geräusch wahr und drehe mich um. Lukas kommt aus der Fahrerkabine und stellt sich wortlos neben mich. Ich will gerne etwas sagen, weiss aber nicht was. «War es ok mit Melanie?», fragt Lukas plötzlich. «Sie war sehr still», erwidere ich «Ja, sie ist sehr verschlossen seit dem Zusammenstoss». Ich lege meinen Arm um Lukas. Er zittert leicht und erwidert meine Umarmung. «Ich… ich glaube, wir sollten schlafen gehen», sagt er plötzlich. Wir gehen zusammen in die Wohnkabine. Ich bin müde von dem anstrengenden Tag und schlafe sofort ein.

Kapitel 11

Ein paar Tage später schrecke ich mitten in der Nacht auf. Ich habe das Gefühl, einen Schrei gehört zu haben. Ich lausche. Und da höre ich es wieder: Vom Deck her kommt tatsächlich ein lauter Schrei. Ich setzte mich vorsichtig auf und will aufstehen, doch das Schiff schwankt so fest, dass ich gleich wieder zurück ins Bett falle. Mein Gips kracht gegen die Bettstange. Es tut höllisch weh. Ganz vorsichtig stehe ich auf und kralle mich an das Bettgestell. Ich hüpfe nach draussen. Vor lauter Regen kann ich fast nichts erkennen. Ich halte mich an einer Stange fest, es ist das Geländer. Plötzlich durchzuckt ein Blitz den Himmel. Für einen Augenblick ist alles hell. Meterhohe Wellen peitschen ans Deck. Gischt vermischt sich mit den riesigen Regentropfen, die unbarmherzig aufs Deck tropfen.

«Melanie, bist du das? Wo bist du?!», schreie ich so laut ich kann. «Hier bin ich, hier», höre ich eine leise Stimme. Ich kämpfe mich zu der Stimme durch. Melanie sitzt in der Fahrerkabine und schluchzt. «Was um Himmels Willen machst du?», frage ich erschrocken. «Es hat uns rausgetrieben, das Seil ist gerissen», heult sie. «Alles gut, Melanie, geh in die Kabine und sag den anderen, dass sie einen Treibanker machen sollen, dann binde du alles fest, was herumfliegen kann», rufe ich. Melanie nickt und verschwindet im Regen. Die Fahrerkabine steht knöchelhoch unter Wasser. Mein Pyjama ist ganz durchnässt und klebt an meiner Haut wie ein nasser Sack. Ich weiss, dass ich jetzt nicht schlapp machen darf, ich muss stark bleiben. Jetzt hängt alles von mir ab. Ich muss unbedingt schauen, dass wir die Wellen von vorne erwischen.

Lukas kommt über das Deck zu mir. «Ich übernehme jetzt mal. Geh mal rein und wärm dich auf. Ich mach das schon», ruft er. Ich nicke dankbar und kämpfe mich wieder zurück in die Kabine. Anna zieht sich ihre Regenjacke an. Melanie räumt ein paar schmutzige Teller in ein Regal. «Fährt jetzt Papa?», fragt sie. Ich nicke. Sie lächelt stolz.

«Wir müssen jetzt aber schleunigst Schwimmwesten anlegen. Ich habe zwei unten, und Anna hat auch noch zwei weitere mitgebracht. Das reicht genau. Du holst die zwei von Anna aus dem Schuppen, ich geh runter, ja?», sage ich «Geht klar!». Ich öffne die Tür zum Keller, und klettere schwerfällig nach unten. Jetzt nur nicht an den Gips denken! Ich hole die zwei Schwimmwesten, eine ziehe ich an, die andere klemme ich unter den Arm und klettere wieder nach oben. Nun hat es auch noch angefangen zu hageln. Ich stemme mich mit aller Kraft gegen die Tür, doch sie will einfach nicht zugehen. Schliesslich klettere ich nochmals nach unten, um nachzusehen, ob sich vielleicht etwas eingeklemmt hat, ich kann jedoch nichts entdecken. Als ich wieder nach oben klettern will, rutsche ich auf den nassen Sprossen der Leiter aus. Ich versuche, mich an der Tür festzuhalten, doch in dem Moment, fällt die Tür zu, ich kann mich nicht mehr halten. Ich falle. Alles wird schwarz.

Kapitel 12

Ich öffne die Augen. Alles ist dunkel. Ich versuche, mich ein bisschen zu bewegen. Irgendetwas liegt auf meinen Beinen. Mein Kopf schmerzt. Ich berühre vorsichtig die schmerzende Stelle und spüre eine dicke Beule. Ich will um Hilfe schreien, doch mein Hals ist wie ausgetrocknet. Irgendwie muss ich mich bemerkbar machen. Ich trommle mit der Faust auf den Boden. Ein leiser, dumpfer Ton erklingt, viel zu wenig laut, so hören sie mich niemals. Dann versuche ich, irgendetwas herunterzuschmeissen, doch ich komme an nichts heran.

Plötzlich wird es hell. Ich sehe Melanie auf der Treppe. Ihr Gesicht ist rot und tränenverschmiert. Sie nimmt einen Apfel aus einer Kiste und klettert zurück nach oben. Es ist wieder dunkel. Wieso hat sie mich nicht bemerkt? Wieso habe ich mich nicht bemerkbar gemacht? Ist sie traurig? Warum? Was ist genau passiert? Vermissen mich die anderen nicht? Wieso suchen sie nicht nach mir? Mir schwirren tausend Fragen durch den Kopf. Ich seufze. Dann versuche ich das, was auf meinen Beinen liegt, wegzuschieben. Es funktioniert. Vorsichtig stehe ich auf, und taste nach der Leiter. Ich klettere herauf. Bei der Tür verschnaufe ich kurz, bevor ich sie aufstosse.

Wir sind an einem Hafen. Die Sonne scheint. Der Sturm ist vorbei. Ich gehe in die Wohnkabine. Melanie, Lukas und Anna sitzen am Tisch. Alle starren mich an. Melanie springt auf, und kommt auf mich zu «Bist du ein Geist?», fragt sie. Lukas kneift sich immer wieder selbst in den Arm und schliesst und öffnet die Augen «Träume ich?», fragt er. Anna vergräbt den Kopf in den Händen und schluchzt. Verwirrt schüttle ich den Kopf. «Was ist denn los?», frage ich. Da beginnen plötzlich alle, laut durcheinander zu reden: «Da bist du ja!» «Wo warst du?», «Wir haben uns solche Sorgen gemacht!» «Bist du nicht tot?», «Wieso bist du plötzlich hier?», «Wo warst du die ganze Zeit?», «Wieso bist du nicht früher gekommen?» «Was ist passiert?»

«Ich, ich», stottere ich. «Ich dachte, du seiest von Bord gespült worden!», schreit Melanie. «Ja, das dachten wir auch», bekräftigen Anna und Lukas. Sie fallen mir um den Hals. «Wo um alles in der Welt warst du?!», rufen alle zusammen. «Ich, ich war, ich war die Schwimmwesten holen, bin ausgerutscht und gefallen. Mir war schwarz vor den Augen», berichte ich müde. Melanie fängt plötzlich an zu weinen. «Du warst den ganzen Sturm über verschollen, ich habe die ganze Zeit nach dir gesucht!», heult sie.

Heute kann ich den Gips abnehmen. Endlich! Doch das bedeutet auch, dass Anna das Boot bald verlassen wird. «Heute ist mein letzter Tag auf dem Boot», sagt Anna. Ich nicke traurig und schaue zu Lukas hinüber: «Lass uns ein wenig feiern, wir haben den Sturm ja alle gut überstanden und ausserdem soll Annas letzter Tag auf dem Boot nicht ein verheulter Tag werden! Wo sind wir denn hier überhaupt, konntet ihr die Route einhalten?», frage ich. «Wir sind überhaupt nicht vom Weg abgekommen», sagt Lukas stolz. Wir gehen alle zusammen an Land. «Papa, ich habe Hunger!», sagt Melanie. «Von mir aus können wir gerne etwas essen gehen!», sage ich. Dann gehen wir in ein kleines Restaurant und essen Nudeln mit Tomatensauce. «Wenn wir nachher aufs Boot zurückgehen, nehme ich meinen Gips ab, der Arzt hat mir gezeigt, wie es geht, dann könnten wir noch schwimmen», murmle ich. «Au ja!», rufen die drei im Chor. Ich schneide vorsichtig mit dem kleinen Messer, das der Arzt mir gegeben hat, meinen Gips auf, die Haut darunter ist weiss und schrumpelig, aber mein Bein schmerzt überhaupt nicht mehr, und ich kann endlich wieder normal laufen.

Anna und ich ziehen unsere Badesachen an. Lukas gebe ich Arons alte Badehose und Melanie kommt einfach in der Unterwäsche. Ich klettere als erster über das Geländer, und springe ins Wasser. Es ist frisch, ich juchze. Melanie und Anna springen mir sofort hinterher. Nur Lukas steht noch zögerlich oben. «Du bist an der Reihe», rufe ich ihm zu und lache. Plötzlich kommen mir wieder die Erinnerungen an Aron. Wie wir zusammen gespielt haben. Wasser spritzt mir ins Gesicht. Lukas ist neben mir ins Wasser gesprungen und lacht. «Na, alte Wasserratte, pass auf, dass du nicht untergehst, wenn du so in Gedanken versunken bist!», sagt er und wirft mir einen provozierenden Blick zu. «Na warte, du frecher Bengel», rufe ich und tauche unter. Ich ziehe Lukas an den Beinen nach unten. Prustend komme ich wieder hoch, und rufe: «Huhu, ich bin ein grosser Haifisch» Wir spielen alle zusammen eine Runde Fangen, und drücken einander abwechselnd unter Wasser. Schliesslich ruft Melanie: «Ich kann nicht mehr!», und zieht sich am Geländer hoch. Ich tue es ihr nach. Schliesslich kommen auch Lukas und Anna und wir ziehen uns alle wieder an. «Wollen wir eine Runde Karten spielen?», frage ich. Alle nicken, also spielen wir Karten. Als es dunkel wird, bringen wir Melanie ins Bett, und trinken auf dem Deck noch einen Whiskey. «Olf, du warst so nett, und so freundlich zu mir, du hast mir so viel beigebracht, ich werde dich nie, nie vergessen», sagt Anna plötzlich. Ich kann nicht anders, als sie zu umarmen. Wir stehen lange so da und weinen.

Kapitel 13

Ich gähne. Melanie steht neben meinem Bett und lacht. «Was ist denn?», frage ich matt. Melanie hält mir wortlos den Wecker vors Gesicht. Es ist 09:26. Ich springe auf. «Ist Anna schon wach?», frage ich. Melanie nickt. «Sie ist draussen, und starrt aufs Meer. Papa macht gerade das Frühstück» Schnell laufe ich zu Lukas. Wir stellen alles auf ein Tablett und bringen es samt Stühlen und einem kleinen Tisch nach draussen. Anna dreht sich um. «Olf, ich habe heute Nacht viel nachgedacht», fängt sie an, bricht jedoch wieder ab. «Ich… ich habe die Zeit so genossen hier. Ich habe so viele neue Dinge gelernt, herausgefunden, entdeckt. Ich will nicht, dass diese Zeit schon vorbei ist… Ich… ich habe das Gefühl, es gibt hier für mich immer noch so viele Dinge zu lernen, zu entdecken, herauszufinden, bevor ich von hier und auch von dir, Olf, weggehen und Kapitänin werden kann…», sie wischt sich mit der Hand über die Augen und holt tief Luft, «Deshalb bitte ich dich Olf, darf ich noch etwas bleiben, nur noch eine Weile, bitte». «Ich… ja, klar», stottere ich, «Du musst dir einfach sicher sein, dass das für dich das Richtige ist», fahre ich fort, «Für mich ist das wirklich kein Problem: Weisst du… irgendwie habe ich mir insgeheim sogar gewünscht, dass du das fragst. In der Zeit, in der du da warst, habe ich gemerkt, dass die Dinge so viel einfacher sind für mich, wenn du da bist. Ich weiss echt nicht, wie ich das alles ohne dich geschafft hätte, Anna»

Anna nickt und fällt mir um den Hals. Dann essen wir Frühstück und fahren weiter, erst fährt Anna, dann ich, und in der Nacht dann Lukas.

Kapitel 14

Am nächsten Morgen koche ich schon früh Haferbrei und warte mit Frühstücken, bis die anderen auch wach sind. Lukas kommt gähnend aus der Fahrerkabine. Auch Anna steht kurz darauf auf und übernimmt nun das Fahren. Wir essen ein bisschen Haferbrei und machen einen Kakao für Melanie. Ich hole ein Buch für Lukas aus der Kabine, damit er auch mal frei hat. Lukas zieht sich auf seine Matratze zurück, und liest im Buch. Nach einer Weile schläft er ein. Vorsichtig schleiche ich zu Melanie, die sich wieder hingelegt hat. «Kommst du mal mit?», frage ich. Sie nickt und wir gehen zusammen nach draussen.

Ich führe sie in den Schuppen und zeige auf eine Kiste mit einem Stück Stoff, Holzstäben und Seilen. «Darf ich präsentieren: Deine zukünftige Schlafstätte!», sage ich grinsend. Melanie schaut mich fragend an. «Naja, ich dachte, du hättest vielleicht auch gerne so eine Hängematte wie Anna, mir ist aufgefallen, dass du ihre immer so sehnsüchtig angeschaut hast. In der Kiste ist alles drin, was du brauchst, um dir deine eigene Hängematte zu bauen, ich kann dir zeigen, wie das geht, wenn du willst», sage ich. Melanie strahlt. Ohne viel miteinander zu sprechen, knoten, bohren, sägen und nähen wir. Als wir fertig sind, begutachtet Melanie das Ergebnis kritisch und meint dann zufrieden: «Das haben wir gut gemacht!». Ich lache: «Jetzt müssen wir sie nur noch aufhängen!».

Lukas schläft noch immer. So leise wie nur möglich hängen wir Melanies Hängematte neben der von Anna auf. Sofort setzt sich Melanie hinein und beginnt fröhlich zu schaukeln. Ich setze mich an den Tisch. Lange Zeit herrscht Stille. Schliesslich sagt Melanie: «Wieso kann ich eigentlich nicht mit Papa hierbleiben?» «Weisst du, Melanie… Es ist so, dein Papa will auch gerne wieder normal leben, du könntest dann wieder in die Schule und er könnte wieder arbeiten, also etwas anderes als Fischer», versuche ich zu erklären «Aber ich bin glücklicher, hier auf dem Meer, und Papa auch», Melanies Augen sind feucht. «Ach Melanie, dann lass uns doch die letzten Tage, an denen ihr noch hier seid, so schön wie möglich gestalten!», schlage ich vor. Sie nickt betrübt.

«Wir könnten wieder fischen?», frage ich. «Kannst du nichts anderes?», grinst Melanie. Ich schmunzle. «Du könntest mir das Fahren mit deinem Boot beibringen?», fragt sie hoffnungsvoll. «Meinetwegen», murmle ich und stehe auf. Wir gehen zusammen zur Fahrerkabine und klopfen an die Scheibe. Anna zuckt zusammen und fragt leicht genervt: «Was wollt ihr?». «Ich hätte da eine Kandidatin, die gerne mal fahren möchte», sage ich und schiebe Melanie nach vorne. «Na gut, dann lassen wir doch das junge Mädchen mal an die Arbeit!», ruft Anna lächelnd.

Melanie setzt sich auf den Führerstuhl und gibt vorsichtig ein bisschen Gas. «Aber hallo, nicht so schnell!», rufe ich lachend, doch Melanie streckt mir nur frech die Zunge raus. Ich stehe die ganze Zeit hinter ihr und beobachte jede ihrer Bewegungen genau. Erst sind sie zögerlich, dann immer mutiger, bis sie schliesslich ganz flink Gas gibt, wieder abbremst und Kurven fährt. «Das machst du wirklich gut!», lobe ich sie. «Papa hat mich oft fahren lassen, auch als ich noch ganz klein war», sagt sie und lächelt stolz. Anna kommt vorbei und fragt: «Na, ist die junge Kapitänin noch nicht müde?». Melanie zuckt mit dem Schultern «Ein bisschen vielleicht», murmelt sie. «Na dann übernimmt doch mal die alte Kapitänin wieder!» lacht Anna. Melanie und ich verlassen die Kabine und setzen uns aufs Deck. Wir schauen auf die Wellen, spüren den Wind in den Haaren. Plötzlich überkommt mich ein Glücksgefühl. Alles scheint plötzlich so perfekt, wie ich hier sitze, mit Melanie, mit Lukas, mit Anna. Ich schliesse die Augen. Wenig später schlafe ich im Sitzen ein.

Als ich wieder aufwache, sitzt Melanie neben mir. Ihr Kopf ist zur Seite gefallen. Sie ist wohl auch eingeschlafen. Das Meer ist etwas wilder und ein kühler Wind weht. «Wir müssen uns wohl auf Kälte einstellen, jetzt wo wir so nördlich sind», vernehme ich eine Stimme neben mir. Ich drehe mich um und sehe, dass Anna ebenfalls neben mir auf dem Deck liegt. Ich lächle. «Unglaublich, wie weit wir schon gekommen sind auf unserer Reise», sage ich.

Anna nickt. «Ich werde mit Lukas und Melanie von Boot gehen», sagt sie zögerlich und schaut ernst aufs Meer, «ich kann eine Weile bei Lukas' Bruder wohnen. Dann ziehe ich von dort aus weiter». «Okay, das ist… gut», sage ich, doch ich merke, dass das nicht die Wahrheit ist. Ich spüre, dass ich will, dass Anna bleibt, dass ich sie hier mit mir an Bord brauche. Ich habe Angst davor, wieder so alleine zu sein. So einsam. «Olf, alles ok?», fragt Anna besorgt. Ich nicke. «Mhm, aber lass uns etwas essen, ich habe tierischen Hunger», murmle ich. Wir gehen zusammen mit Melanie in die Wohnkabine. Mein Rücken schmerzt vom Liegen auf den harten Planken. Ich koche Nudeln mit Butter. Wir bringen Lukas einen Teller in die Fahrerkabine und essen dann drinnen in der Wohnkabine, wo es schön warm ist. Nach einer Weile sagt Anna: «Ich werde mich dann mal noch hinlegen, ich muss ja bald wieder fahren, ok?». Ich nicke. «Wir gehen auch gleich schlafen, oder?», frage ich. Melanie nickt.

Kapitel 15

Ein Sonnenstrahl fällt auf mein Gesicht und blendet mich. Von draussen höre ich Gelächter. Einen Moment habe ich das Gefühl, wieder zuhause zu sein, am Hafen, an dem ich der alte Spinner war. Ich atme tief durch. Ich weiss, dass das nicht sein kann. Vorsichtig stehe ich auf. Ich gehe nach draussen und sehe, dass Lukas und Melanie auf dem Deck stehen. Lukas hält Melanie im Arm. Melanie lacht und Lukas wuschelt ihr liebevoll durch das Haar. Ich räuspere mich. «Möchte hier vielleicht jemand Frühstück?», frage ich. «Jaaa!», ruft Melanie. Lukas nickt und grinst mich an. Ich grinse zurück. Wir essen Haferbrei mit geraspelten Äpfeln. Auch Anna mag meinen Haferbrei inzwischen. Später gehe ich mit Melanie in die Fahrerkabine. Sie fährt ein weiteres Stück. Abends im Hafen gehe ich gemeinsam mit Lukas Brot, Reis, etwas Fisch und Gemüse einkaufen, währenddessen kümmern sich Anna und Melanie um wärmere Jacken und Mützen. Dann kocht Anna Wolfsbarsch mit Reis und Gemüse. Ich mag kaum essen.

Es ist ganz dunkel in der Wohnkabine. Ich stehe so leise wie möglich auf, hole eine Taschenlampe und nehme eine der Karten von der Wand. Ich gehe wieder zurück zum Bett und verkrieche mich unter der Bettdecke. Dann knipse ich die Taschenlampe an und fahre, wie ich es schon so oft getan habe, die eingezeichnete Route nach. Sofort kommen alte Erinnerungen hoch. Erinnerungen an den alten Mann, der tagelang in seiner Wohnkabine gehockt ist und auf eine Weltkarte gestarrt hat, zu feige, um das zu tun, was er wirklich wollte. Schnell verscheuche ich die Gedanken wieder aus meinem Kopf, als wären sie eine lästige Fliege. Alles was zählt ist, dass ich jetzt hier bin. Hier auf dem Meer. Weit weg vom alten Spinner.

Am nächsten Morgen regnet es in Strömen. Melanie und Lukas sitzen in der Wohnkabine. Lukas liest Melanie vor. Es ist eins meiner Kinderbücher. Er muss es im Schuppen gefunden haben. Ich schliesse die Augen und lausche dem Klang von Lukas' Stimme, der sich mit dem Rauschen und Plätschern des Regens auf dem Deck vermischt. Als Lukas das Buch zuklappt und sich räuspert, stehe ich schwerfällig auf. «Morgen», murmle ich und streife mir wärmere Kleidung über. «Willst du noch Rührei, ich habe extra was für dich übriggelassen?», fragt Melanie. «Gerne» murmle ich und setze mich hin. «Sag mal, ist eigentlich etwas?», fragt mich Lukas unvermittelt. «Nein, warum?», frage ich etwas verdattert. «Na du stehst so spät auf und gehst trotzdem so früh ins Bett… Du bist doch nicht etwas krank, oder?», fragt Lukas besorgt. «Nein, nein, ich bin in letzter Zeit nur etwas müde, kommt wohl vom kälteren Wetter», murmle ich. «Dann ist ja gut, Anna und ich haben uns schon Sorgen gemacht», gibt Lukas lächelnd zurück. Als ich mein Frühstück fertig gegessen habe, nehme ich Melanie noch einmal mit in die Fahrerkabine und wir fahren einen Moment gemeinsam.

Abends koche ich Nudelsalat und gehe gleich ins Bett. Ich wälze mich noch lange hin und her und denke über Aron, Anna, Lukas und Melanie nach, überlege, warum ich erst jetzt anfange, mir solche Fragen zu stellen. Ist es, weil ich bald wieder ganz alleine sein werde? Weil Anna mich so plötzlich verlässt? Weil ich mich von ihr irgendwie verraten fühle? Oder einfach, weil ich plötzlich immer so müde bin? Ich ziehe mir ein Kissen über die Ohren, will Schutz vor diesen komplizierten Fragen finden. Als der erste Sonnenstrahl durch das kleine Fenster dringt, versinke ich endlich in einen tiefen Schlaf.

Kapitel 16

Anna sitzt an der Bettkante und schaut mich prüfend an. «Olf, vielleicht sollten wir wirklich mal zum Arzt gehen mit dir. Seit ein paar Tagen schläfst du so lange. Früher war das gar nicht deine Art. Was ist denn los?», fragt sie. «Ach, ich kann bloss nicht so gut schlafen, in letzter Zeit. Ich liege immer stundenlange wach, ich bin nicht krank», sage ich schnell. Anna schaut mich skeptisch an, doch dann mildert sich ihre Mine. «Ist es, weil wir alle vom Boot gehen?», fragt sie und ich glaube, sie blinzelt sich eine Träne weg. «Warum gehst du überhaupt? Und warum so plötzlich? Du hättest es doch wenigstens mit mir besprechen können, ich sagte doch ich brauche dich, was habe ich denn bloss falsch gemacht?», will ich sagen, aber ich zucke nur mit den Schultern. «Du kannst uns doch besuchen bei deiner nächsten Weltreise!», ruft Melanie plötzlich von hinten im Raum. «M… Melanie!», stottert Lukas und wirft mir einen vielsagenden Blick zu. «Ja, d… das werde ich!», sage ich und kämpfe mit den Tränen. «Komm, wir gehen mal nach draussen, auf den Dorfplatz, dort kannst du spielen», murmelt Lukas und schiebt Melanie nach draussen. «S… sind wir schon da?», wispere ich. «Nein, nein, sicher nicht, wir kommen erst morgen Abend an. Lukas hat an einem anderen Hafen angelegt. », sagt Anna beschwichtigend.

Den Rest des Tages verbringe ich grösstenteils auf dem Deck. Eine Zeit lang ist Melanie bei mir. Die restliche Zeit bin ich alleine und starre aufs Meer oder lenke mich ab, indem ich alte Magazine durchblättere. Als es schon langsam dunkel wird, sagt Melanie plötzlich: «Warum bist du traurig?». Ich seufze. Früher hätte ich jetzt gesagt, dass ich gar nicht traurig sei, aber heute zucke ich nur mit den Schultern. «Papa hat gesagt, ich hätte dich traurig gemacht mit dem, was ich vorhin gesagt habe, wenn das so ist, dann tut es mir leid», sagt Melanie und schaut verlegen zu Boden. «Ist schon gut. Ich bin einfach traurig, weil ihr mich alle verlasst», murmle ich. «Okay», sagt Melanie. Dann stehen wir auf und gehen essen. Anna hat Risotto gekocht.

Ich liege im Bett. Jemand hat die Tür zum Deck nicht richtig zugemacht und ein sanfter Windstoss fegt durch die Kabine. Ich höre ruhige Atemzüge, ein leises Schnarchen und das Rascheln einer Bettdecke, denke an die Stille, die hier bald wieder einkehren wird. «Wie habe ich das früher bloss ausgehalten, so allein zu sein?», frage ich mich und seufze. «Ist es, weil ich früher gar nichts anderes gekannt habe, sondern einfach nur alleine war und mich wohl dabei gefühlt habe?». Ich drehe mich zur Wand. «Ist es, weil ich Aron hatte, oder weil ich dachte, mich verstehe sowieso niemand?». Ich fahre mir durch den Bart, stehe auf und schliesse die Tür. Für einen Moment halte ich den Atem an und präge mir all die nächtlichen Geräusche ein. Ich versuche, nicht an den morgigen Tag zu denken und schlafe schliesslich ein.

Kapitel 17

Ich schaue mich um. Lukas liegt noch immer auf seiner Matratze und schläft, Anna sitzt auf einer umgedrehten Getränkekiste und liest ein Buch, Melanie hat sich in ihre Hängematte gelegt und schaukelt. «Morgen», sage ich. «Morgen Olf», murmelt Anna. «Müssen wir nicht weiterfahren?», frage ich. «Nee, von hier aus ist es nicht mehr weit, das schaffen wir gut an einem Tag», sagt Anna, blickt jedoch nicht von ihrem Buch auf. «Ok», murmle ich. «Aber Papa hat gesagt, dass ich dann auch mal fahren darf!», ruft Melanie. «Klar doch, dann müssen wir einfach ein bisschen mehr Zeit einplanen…», murmle ich. «Warum? So langsam bin ich doch gar nicht!», sagt Melanie empört. «Na, du hast eben noch etwas weniger Übung!», sage ich lächelnd. «Hm», sagt Melanie und macht einen Schmollmund. «Aber wenn du so gross bist wie wir, fährst du uns bestimmt allen um die Ohren!», schiebe ich hinterher. Melanie lächelt, «Na klar, schliesslich will ich ja kein Verkehrshindernis werden!». «Melanie! Nicht immer so frech!», Lukas hat sich aufgesetzt und versucht eifrig, seine verstrubelten Haare zu glätten. «Also ich mach jetzt mal Frühstück», sagt Anna, steht auf und legt langsam das Buch zur Seite. «Ich helfe dir!», ruft Melanie und hüpft aus der Hängematte. Anna wirft Lukas einen vielsagenden Blick zu.

Bald ist die ganze Kabine vom süsslichen Geruch von Schokoladenkuchen erfüllt. «Mh, das riecht ja lecker!», sagen Lukas und ich gleichzeitig. Anna und Melanie strahlen. «Wir könnten ja schon mal ablegen gehen, oder, Olf?», fragt Lukas. «Ja, gut», murmle ich. Wir streifen uns warme Jacken über, gehen aufs Deck und holen das Tau ein. «Wo sind wir hier eigentlich genau?», frage ich. «Diesen Hafen hast du nicht eingezeichnet auf deiner Karte, aber wir sind gestern weiter gekommen als gedacht, also dachte sich, dieser Hafen sei praktischer. Von hier aus sind es nur noch vier Fahrstunden. Wir haben ja eh die Hälfte der Häfen ausgelassen, weil wir nachts auch fahren konnten», sagt Lukas. Nach einer kleinen Pause hakt er nach: « Stört dich das?». «Nein, nein, alles gut», murmle ich, doch eigentlich bin ich schon etwas verärgert, dass Lukas und Anna einfach so das Kommando auf Narnia übernommen haben, ohne mich zu fragen, ich muss das ja schliesslich bald wieder alleine können.

Als Lukas und ich wieder zurück zur Kabine gehen, haben Anna und Melanie den Kuchen bereits aus dem Ofen genommen. «Olf! Es gibt Schokoladenkuchen zum Frühstück, toll, oder?», ruft Melanie und hüpft auf und ab. «Ja, das ist super, vor allem wenn du mitgeholfen hast, dann schmeckt er bestimmt viel besser als sonst!», gebe ich mit gespielter Begeisterung zurück. «Aber hallo, ich habe dir erstens noch nie Schokoladenkuchen gemacht und zweitens ist er nicht weniger gut, wenn ich ihn alleine mache!», lacht Anna. Ich nicke und versuche die Gedanken an den Abschied heute Abend zu vertreiben. Dann essen wir auf dem Deck Schokoladenkuchen. Melanie bringt Lukas ein Stück in die Fahrerkabine. «Was machen wir denn heute?», fragt Melanie plötzlich, «wir haben doch als Anna gehen wollte auch etwas Spezielles gemacht…». Anna und ich schauen uns fragend an. «Hm, zum Schwimmen ist es jetzt zu kalt, aber wir könnten an Land und in einem Restaurant zu Mittag essen gehen», schlage ich vor. Anna nickt, «finde ich gut». «Ok», murmelt Melanie und nimmt sich ein zweites Stück Kuchen. Dann ist es wieder still. Zum ersten Mal seit die drei hier sind, weiss ich nicht, was ich sagen soll. Die Stimmung ist sehr angespannt.

«Also ich geh dann mal rein, es ist kalt», sage ich und stehe auf. Drinnen lege ich mich wieder aufs Bett, starre zur Decke und beginne zu grübeln. «Warum fange ich erst jetzt mit diesem Grübeln an, früher… ach was war schon früher…» denke ich. Etwas später höre ich, wie Anna reinkommt, sich hinlegt und dann ebenfalls zur Decke starrt. Ich würde gerne etwas sagen, aber ich weiss nicht, was. Also tue ich es Anna gleich und schweige.

Kapitel 18

Abends legt Lukas an und kommt in die Kabine geschlurft. «Wir sind da», murmelt er, «das Haus meines Bruders liegt direkt an der Küste» Ich nicke und beisse mir auf die Lippen. «Wir sollten unsere Sachen abladen», murmelt Anna. «Jetzt schon?», frage ich entsetzt. «Ja, ich glaube es ist besser wir machen es so kurz wie möglich», sagt Lukas. Ich merke, wie mir Tränen in die Augen steigen und drehe mich schnell weg. Anna legt mir beruhigend die Hand auf die Schultern. Sanft stosse ich ihre Hand weg und murmle: «Geht schon.». Ich setze mich auf die Bettkante und schaue zu, wie die Kabine immer leerer wird. Als alle Sachen der dreien schön verpackt draussen auf dem Deck stehen, ruft mich Melanie, ich solle auch mittragen. Ich stehe auf und gehe mit schweren Beinen nach draussen. Ich packe eine kleine Kiste und folge Lukas zu einem grossen Wellblechhaus direkt am Strand. Davor steht ein junger Mann, der die gleichen braunen Augen hat wie Lukas und auf einer Pfeife kaut. Lukas und er umarmen sich herzlich. Anna und ich folgen den beiden ins Haus.

Im Haus ist schummriges Licht und an den Wänden hängen zerfledderte Bilder und alte Polaroidfotos. Wir folgen dem Mann eine schmale Treppe hoch in zwei winzige Räume, die nur durch einen schweren roten Vorhang voneinander getrennt sind. Auf dem Boden liegen drei Matratzen und auf dem Fenstersims stehen zwei Laternen. Die Glühbirne an der Decke flackert und taucht das die Zimmer erst in bläuliches, dann in rötliches und schliesslich in gelbliches Licht. «Tja», der Mann kratzt sich am Kopf, «ich wusste ja nicht, dass wir auch noch die Ehre einer jungen Dame haben, da musste ich halt ein bisschen improvisieren». «Kein Problem, alles gut», sagt Anna und schmunzelt. Melanie kommt die Treppe heraufgestürmt und schmeisst sich sofort auf eine der Matratzen.

Wir tragen die restlichen Sachen hoch und richten das Zimmer einigermassen gemütlich ein. Als es dunkel wird, ruft uns Lukas' Bruder Dimitri. Wir setzen uns in der bescheidenen Stube im unteren Teil des Hauses an einen grossen rosafarbenen Holztisch. Dimitri hat uns Krabbenrisotto gekocht. Es wird viel gelacht und geredet, doch ich habe nicht mehr wirklich das Gefühl dazuzugehören. Die Gespräche gehen an mir vorbei wie ein Schnellzug an einem Provinzbahnhof. Melanie gähnt. Lukas murmelt: «Fährst du noch heute los, Olf?». Ich schüttle den Kopf: «Ich schlafe heute noch hier, also in Narnia». «Ok», sagt Anna und streckt sich. «Ich glaub, wir müssen alle mal ins Bett», meint Dimitri. Ich nicke, stehe auf und gehe zur Tür, bevor ich das Haus verlasse, drehe ich mich noch um und sage: «Acht Uhr», dann laufe ich über den kleinen Hafen zurück zu Narnia, ohne noch einmal zurückzuschauen.

Kapitel 19

Am Morgen mache ich mir wie immer einen Haferbrei, wenige Minuten später stehe ich in eine warme Jacke gehüllt auf dem Deck und wiege drei Briefe in der Hand, schön verpackt in Couverts. Auf einem steht *Anna*, auf einem *Lukas* und auf einem *Melanie*. Ich habe sie gestern Abend spät noch geschrieben. Ich gehe noch einmal auf den Steg und stecke die Couverts ganz am Ende in eine Ritze. Dann hupe ich einmal und ziehe mit zittrigen Fingern das Tau zurück. Als ich mich noch ein letztes Mal umdrehe, sehe ich, wie die Tür zu Dimitris Haus auffliegt und drei Gestalten den Strand herunter zum Steg laufen, sie winken, rudern mit den Armen und rufen wild durcheinander, doch ich bin schon viel zu weit weg, um sie zu verstehen. Ganz hinten, am Anfang des Steges steht ein kleines Mädchen. Es bückt sich und nimmt einen Umschlag hoch. Ich glaube, sie liest ihn. Vielleicht zittert sie. Oder sie weint.

DRITTER TEIL

Kapitel 1

Tränen laufen über meine Wangen. Ich denke an Aron, frage mich, wie es ihm wohl geht, denke daran, dass ich Narnia bald wieder tanken sollte, ich dringend einen Haarschnitt brauche. Ich versuche mich krampfhaft davon abzulenken, dass ich jetzt alleine bin und bleiben werde. Ich will jetzt nicht alleine sein. Die Route heute ist anstrengend. Ich bin lange auf dem offenen Meer, kreuze selten ein anderes Boot. Abends gehe ich in ein kleines Restaurant und esse Muscheln. Ich bin fast alleine im Restaurant. An einem kleinen Tisch sitzt ein Mann mit einem Mädchen, das ähnlich alt ist wie Melanie. Immer wieder wandert mein Blick zu den beiden, wie sie dasitzen, essen, sich unterhalten. Etwas Hartes legt sich auf meine Brust und nimmt mir die Luft. Ich versuche es zu ignorieren, doch es wird nur schlimmer. Ich habe das Gefühl zu ersticken. Ruckartig stehe ich auf und sage zum Wirt: «Ich möchte die Rechnung, bitte». Wenig später stehe ich draussen und versuche ruhig zu atmen.

Ich gehe zurück auf Narnia. Doch auch dort erinnert mich alles an Anna, Lukas und Melanie. Ich bringe jeden Gegenstand, jeden Krümel, jeden Flecken mit ihnen in Verbindung. Erschöpft lasse ich mich aufs Bett fallen und vergrabe meinen Kopf im Kissen, doch die Bilder lassen mich nicht in Ruhe. Sie schweben in meinem Kopf herum wie Staub in einem alten Raum. Bilder, wie sie im Wasser treiben, in Decken gehüllt auf dem Deck sitzen, auf ihren Matratzen schlafen. Bilder von Anna, wie sie sich über mich beugt, wie sie ins Wasser spuckt, mit Melanie Kuchen backt, wie sie mir sagt, dass sie von Bord gehen wird. Ich kneife die Augen zu, balle die Hände zu Fäusten und presse die Lippen aufeinander. Nach langer Zeit schlafe ich endlich ein.

Ich habe das Gefühl, ein Geräusch gehört zu haben. Eine Stimme. Eine Kinderstimme. Melanies Stimme. Ich setze mich umständlich auf und blinzle. Ich weiss, dass ich mir das nur eingebildet habe, aber trotzdem lasse ich meinen Blick durch den Raum schweifen und suche nach Melanie. Natürlich kann ich sie nirgends finden. Ich seufze und schaue nach draussen. Es ist noch früh, die Sonne ist erst gerade aufgegangen. Ich nehme etwas trockenes Brot und streiche Marmelade drauf. Während ich das Brot esse, lege ich ab und fahre aus dem Hafen. Es ist kalt in der Fahrerkabine. Es nieselt und meine Kleider sind feucht. Ich sollte wohl eine wärmere Jacke anziehen. Doch eine zu holen ist zu gefährlich. Es könnte in der Zeit, in der ich weg bin, etwas passieren. Plötzlich muss ich an Lukas und Melanie denken. Ihren Unfall. Ich wische mir mit dem Ärmel meines Pullovers über die Augen und konzentriere mich wieder aufs Meer. Heute ist der Wind stärker und es hat hohe Wellen. Nur wenige Boote sind unterwegs. Ab und zu winke ich einem Kapitän, doch nur ganz selten winkt jemand zurück. Ich seufze. Es wird schon bald dunkel und ich habe noch etwa drei bis vier Fahrstunden vor mir.

Endlich sehe ich in der Ferne den Hafen. Ich muss ein wenig warten, bis ein Anlegeplatz frei wird. Als ich angelegt habe, tanke ich erst, dann nehme ich von einem Stand eine Crêpe und gehe gleich wieder zurück aufs Boot.

Kapitel 2

Am Morgen weckt mich ein Scheppern. Verschlafen reibe ich mir die Augen. Ich blicke mich um. Auf dem Schreibtisch ist ein Tintenfass umgefallen. Es war zum Glück geschlossen. Ich stehe auf und stelle es wieder auf. Erst als ich wieder zu meinem Bett zurückkehre, merke ich, wie stark das Schiff schwankt. Ich stütze mich mit der Hand an der Wand ab und schaue nach draussen. Die Wellen sind fast doppelt so gross wie tags zuvor. Ich erkenne an den Bäumen am Hafen, dass es stark windet. «Kleiner Sturm, du kommst wie gerufen!», murmle ich und reibe mir freudig die Hände.

So schnell es geht, koche ich Haferbrei und schlinge ihn im Stehen herunter. Ein paar Minuten später sitze ich mit Regenjacke und Gummistiefeln am Steuer und steuere Narnia durch den dichten Regen aus dem Hafen. Je weiter ich auf dem offenen Meer bin, desto höher werden die Wellen. Einmal ramme ich fast gegen ein kleines Motorboot, dessen Kapitän wohl die Kontrolle verloren hat. Im letzten Moment kann ich ausweichen. Erst als die Wellen langsam abflachen und der Wind sich beruhigt, merke ich, wie müde ich bin. Meine Beine fühlen sich weich und meine Hände kraftlos an. Ich gähne ausgiebig. Wie habe ich es früher bloss geschafft, so lange am Stück zu fahren?

Endlich sehe ich in der Ferne verschwommen den Hafen. Meine Augen schmerzen vom vielen Aufs-Meer-starren. Und obwohl ich so müde und kraftlos bin, habe ich Lust, unter die Leute zu gehen. Die Erinnerung an den Diebstahl von Narnia und meinen Beinbruch machen mir ein wenig Angst, aber davon lasse ich mich nicht unterkriegen. Ich werde besser aufpassen. Ich gehe durch die nächtliche Stadt. Ein schwacher Duft nach Alkohol liegt in der Luft. Es sind viele Leute unterwegs. Vermutlich ist es Wochenende. Ich komme an einer kleinen Bar vorbei, die mir sympathisch erscheint. Zögerlich gehe ich hinein. Die Bar ist berstend voll. Überall sitzen oder stehen Leute und sprechen miteinander. Aus zwei Lautsprechern dröhnt laute Musik. Ich stelle mich an die Bartheke und bestelle Whiskey. Ich schaue mich um. Neben mir steht eine ganze Horde besoffener Männer, die Pfeife rauchen. Nebendran stehen zwei Frauen, die sich laut unterhalten. Alle Leute stehen in Gruppen und scheinen schon getrunken zu haben. Von mir nimmt niemand Notiz. Enttäuscht trinke ich meinen Whiskey und gehe wieder zurück auf Narnia.

Ich lasse mich aufs Bett fallen. Ich versuche nicht nachzudenken. Aber natürlich kommen die Gedanken trotzdem, oder genau deswegen. Warum ist Anna gegangen? Habe ich sie irgendwann verletzt? Habe ich das unausgesprochene Versprechen, dass sie bleibt, bis wir gemeinsam etwas Anderes entscheiden, falsch in unser Gespräch hineininterpretiert? Hat sie nicht gemerkt, wie sehr ich ihr vertraut habe? Ich seufze.

Ich nehme ein altes Seemannsheft vom Stapel und blättere mich durch verschiedene Fischarten, heftige Stürme, und Kreuzworträtsel. Ich werde müder und müder. Schliesslich lege ich das Heft weg und döse ein. Ich träume von gigantischen Monsterwellen, einem riesigen Haifisch und wache schliesslich schweissgebadet auf. Alles dreht sich. Ich setze mich auf und atme tief durch. Früher hatte ich oft solche Albträume, doch jetzt kommt es mir vor, als hätte ich schon ewig keinen mehr gehabt. Ich schaue mich im Zimmer um. Rede mir ein, dass ich alles nur geträumt habe. Versuche, an etwas Schönes zu denken. Ich lasse meinen Kopf nach hinten fallen. Doch alles dreht sich im Kreis. Schneller und schneller. Ich stehe auf und wanke zur Tür. Kühle Nachtluft weht mir entgegen. Ich stütze mich aufs Geländer und schaue in die Tiefe des Meeres hinab. Ich versuche, nur auf das Rauschen des Meeres zu achten. Allmählich werde ich ruhiger. Ich lege mich auf den Liegestuhl. Nach langer Zeit kann ich wieder einschlafen.

Kapitel 3

Ich schlage die Augen auf. Die Sonne ist kaum hinter dem Horizont aufgegangen. Ich fahre mir mit der Hand durch den Bart und stehe auf. Das Deck ist feucht vom Tau und meine lange Pyjamahose wird ganz nass. Ich friere ein wenig. Drinnen ziehe ich mich um, bevor ich den Haferbrei esse, den ich gestern übriggelassen habe. Mit der Schüssel in der Hand stelle ich mich ans Steuer. Heute habe ich einen langen Weg vor mir. Es wird anstrengend werden. Trotzdem freue ich mich darauf. Zum ersten Mal seit Melanie, Anna und Lukas nicht mehr hier sind, geniesse ich es einen Moment, allein zu sein, doch ich weiss auch, dass das nicht lange halten wird, sobald ich wieder an Land gehe, werde ich mich wieder so einsam fühlen wie gestern, vorgestern und vorvorgestern.

Es hat viel Verkehr heute. Ich winke einigen Kapitänen. Ab und zu winkt mir jemand zurück. Gegen Abend erreiche ich endlich den nächsten Hafen. Es ist sehr voll dort. Viele Menschen drängen sich um einen Fischmarkt. Aus einem Lautsprecher kommt rockige Musik. Erst will ich sofort wieder zurück auf Narnia, doch dann gehe ich entschlossen in die Menge. Ich lasse mich zu einem kleinen Restaurant treiben. Ich esse Meeresfrüchtesalat. Als es immer voller wird, wird es mir doch irgendwann zu eng und ich schlendere zurück zu Narnia. Dort lasse ich mich auf den Liegestuhl fallen und lasse mich von den Wellen hin und her wiegen.

Kapitel 4

«OLF!», schreit eine Stimme, die ich zu kennen glaube. Und schon springt jemand an Deck und fällt mir um den Hals. Es ist Anna. Ich spüre, wie meine Haut nass wird von der Umarmung. Ich glaube, ein leises Schluchzen zu hören. «Was machst du hier?», sage ich erstaunt. «Darf ich bleiben?», fragt Anna und schaut mich bittend an. «Ja, ja sicher… klar doch… ja», stottere ich. «Olf bitte, ich habe es nicht mehr ausgehalten an Land, alles war so eng, da habe ich es furchtbar bereut, nicht bei dir geblieben zu sein, und da ist mir eingefallen, dass du mir einmal eine Kopie von deinem Reiseplan gegeben hast, und da bin ich einfach ins Flugzeug gestiegen…», schnieft Anna. «Alles gut, Anna. Zum Glück habe ich die Route nicht geändert! Hast du deine Hängematte?» Anna schüttelt den Kopf. Sie trägt eine lange Jeans und einen braunen Wollpullover. In der Hand hält sie eine schwarze Reisetasche. «Ich habe nur das was ich gerade anhabe und diese kleine Tasche mit frischen Kleidern und einer Zahnbürste». «Na gut, du kannst auf Lukas' alter Matratze schlafen», murmle ich. «Dann darf ich also wirklich bleiben?», hakt Anna nach. «Mir bleibt ja keine andere Wahl!», schmunzle ich. «Danke Olf», ruft Anna und einige Leute drehen sich neugierig zu uns um. «Komm rein! Hast du schon gegessen?», frage ich und schiebe Anna in die Wohnkabine. «Ja», murmelt Anna. Ich hole die Matratze aus dem Schuppen und richte sie her. Sie legt sich hin und ist nach kurzer Zeit eingeschlafen. Ich stehe noch eine Weile an Deck und denke über alles nach. Finde ich es überhaupt gut, dass Anna jetzt hier ist? Warum ist sie gegangen? Als ich merke, wie die Sonne schon langsam aufgeht, lege auch ich mich hin.

Kapitel 5

Ich wache auf, als jemand sanft an mir rüttelt. Anna steht über mir. Sie trägt einen dicken Regenmantel. «Frühstücken!», ruft sie und hält mir einen Papierbeutel hin, auf dem «Bäckerei Fischfang» steht. Ich lächle und schlage die Decke zurück. Sofort beginne ich zu schlottern. Anna hält mir eine Jacke hin und murmelt: «Es ist ziemlich kalt hier, was?». Ich nicke. «Ich habe Brötchen und Croissants geholt», sagt Anna. Ich lächle und setze mich an den Tisch. Lange Zeit schweigen wir, bis Anna plötzlich sagt: «Ich leg dann mal ab, du siehst echt müde aus». «Danke», sage ich mit vollem Mund und wische ein paar Krümel von meiner Jacke. Nachdem ich fertig gegessen habe, gehe ich nach draussen und lege mich auf den Liegestuhl. Aus dem Augenwinkel beobachte ich Anna, wie sie da am Steuer hantiert. Ihre Bewegungen sind ruhig, routiniert. «Wie hat sie das bloss so schnell gelernt», wispere ich. Ein wenig stolz bin ich ja schon, schliesslich habe ich ihr ja das Fahren beigebracht!

Ich schrecke aus meinen Gedanken auf. «Olf, übernimmst du mal, ich kann dann nachts wieder, aber erst muss ich noch ein wenig schlafen», ruft Anna von hinten aus der Fahrerkabine. «Wie? Klar», sage ich und wuschle mir durch die Haare. Ich stehe auf und gehe in die Fahrerkabine. Es sind fast keine Boote unterwegs. Erst nach langer Fahrzeit kreuze ich ein kleines Segelboot. Der Bug hat die gleiche Form wie der, von Lukas' Boot. Sofort muss ich wieder nachdenken. Kann es sein, dass ich mir das «Ich bin gerne alleine» immer nur eingeredet habe? Warum habe ich nicht früher solche Leute wie Anna und Lukas getroffen? Wieso ist Anna so anders als vorher? Ich werde durch ein lautes Klopfen aus meinen Gedanken gerissen. «Olf! Ich kann wieder übernehmen, es ist ja schon fast dunkel», ruft Anna. «Super» murmle ich abwesend und verlasse die Fahrerkabine. Ich mache Polenta und bringe Anna einen Teller in die Fahrerkabine. Wenig später lege ich mich schlafen.

Kapitel 6

Ich öffne die Augen. Ein Sonnenstrahl tänzelt über meine Beine. Anna liegt auf ihrer Matratze und liest. «Anna, wo sind wir?!», frage ich entsetzt. «Keine Angst, ich lasse Narnia nicht einfach so treiben… Wir sind an einem Hafen. Ich war etwas müde und wollte gerne tauschen mit schlafen und fahren, aber du schliefst so tief und so ruhig, dass ich dachte, ich lass dich mal». «Ich… also… danke, das ist… nett von dir… danke», sage ich gerührt, aber gleichzeitig auch ein bisschen verärgert. Ist es, weil sie merkt, dass ich in letzter Zeit müde bin, oder ist es, weil ich so alt bin und sie Angst hat, ich könnte das nicht mehr schaffen? Kraftlos stehe ich auf und setze mich zu Anna auf die Bank neben der Küchenecke. Sie schenkt mir etwas Tee ein und reicht mir ein Stück Brot. Wieder herrscht peinliche Stille. «Olf, darf ich dich was fragen?», fragt Anna plötzlich in die Stille hinein. «Klar», nicke ich. «Bist du dir ganz sicher, dass du die Reise fertig machen willst?» «N… Na klar, ja!», sage ich überrumpelt. «Oh, Entschuldigung, ich wollte dich nicht verletzen, es ist nur so, ich habe das Gefühl, du wirst immer müder. Vielleicht wäre es besser, wenn du mal eine Pause machen würdest…», murmelt Anna und schaut verlegen auf ihre Hände. «Nein», sage ich bestimmt und sehe, wie Anna neben mir zusammenzuckt. «Verstehst du, ich habe mir diese Reise schon so oft erträumt, ich wollte sie schon immer machen. So lange auf dem Meer, nie für längere Zeit an Land. Mein Ziel ist und war, wieder anzukommen, aber wenn ich das nicht schaffe, dann kann ich mich damit abfinden. Jetzt eine Pause einlegen wäre wie die Reise mittendrin aufzugeben. Das kann ich nicht. Das geht nicht.». «Ok», murmelt Anna.

Den Rest des Tages verbringe ich mehr oder weniger in der Fahrerkabine. Am Abend übernimmt dann Anna das Fahren und ich ruhe mich in der Wohnkabine aus. Immer wieder muss ich nachdenken. Warum ist Anna zu mir zurückgekommen? Was in bei Dimitri und Lukas vorgefallen, dass sie es da nicht mehr ausgehalten hat? Warum habe ich das Gefühl, dass sie so anders ist, als früher, als würde sie irgendetwas zu überspielen versuchen? Ich seufze. «Olf, alter Esel, entweder, du fragst Anna, oder du hörst endlich auf, immer darüber nachzudenken», murmle ich. Plötzlich geht die Tür auf. «Olf, da vorne ist ein Hafen, ich glaube, es ist sogar der, den du in deiner Route eingezeichnet hast, soll ich anhalten?», ruft Anna. «Gerne, gerne», sage ich nachdenklich.

Kurze Zeit später stehen Anna und ich auf der Hafenmauer des kleinen Hafens und schauen uns um. Rechts von uns steht eine kleine Stadt. Ihre Hausfassaden leuchten rot im Abendlicht und man hat den Eindruck, die letzten Sonnenstrahlen würden in den grossen Fenster der Häuser ein Spiel spielen. Links von uns schlängelt sich ein riesiger, felsiger Fjord ins Landesinnere. «Schön hier, was?», murmle ich. «Ist das der Grund, weshalb du diesen Hafen blau umrandet hast?». «Fast», sage ich lächelnd. Anna schaut mich interessiert an. «Erzähl», fordert sie mich sanft auf. «Also. Aron, mein bester Freund war hier mal mit seinen Eltern. Er hat mir gesagt, hier müsse ich unbedingt auch mal hin. Das ist auch der Grund für diesen kleinen Umweg», erkläre ich, weniger Anna als mir selbst.

Nachdem wir etwas gegessen und getrunken haben, gehen wir wieder zurück aufs Boot. Als wir schweigend auf dem Deck stehen, nehme ich schliesslich all meinen Mut zusammen und frage: «Sag mal Anna, wieso hast du es eigentlich nicht mehr ausgehalten bei Lukas und Dimitri? Und warum bist du so plötzlich von Narnia gegangen?». Anna seufzt. «Ich habe mir schon überlegt, wie ich dir das erklären kann. Weisst du, es war einfach so eng an Land und ich habe immerzu über die Zeit auf Narnia nachgedacht, darüber, wie blöd es von mir war, einfach zu gehen, obwohl ich doch so gerne auf Narnia war. Ich hatte einfach Angst, dass ich mein Leben verschwende und ich dachte, wenn ich an Land bin, vielleicht unter Leuten, hört dieses Gefühl auf», sie seufzt ein zweites Mal, «Ich habe es jedoch sehr rasch bereut, weggegangen zu sein, Olf. Ich habe darüber nachgedacht, wie sehr ich dich wohl verletzt haben muss und es tut mir wirklich unendlich leid. Ich wollte es auch die ganze Zeit schon sagen, aber ich habe mich nicht getraut, ich wollte nicht nochmal etwas kaputtmachen, jetzt wo ich das Gefühl hatte, alles sei wieder einigermassen gut hier auf Narnia.». Ich merke, wie ein warmes Gefühl in mir aufsteigt: Noch nie hat sich jemand so viel Mühe gegeben, mir sein Handeln zu erklären oder sich bei mir zu entschuldigen. Gerührt schaue ich Anna an und erwidere etwas unbeholfen: «Danke. Danke, dass du zurückgekommen bist. Und…, dass du diese Sachen gesagt hast». Anna lächelt und fragt dann plötzlich: «Hättest du vielleicht Lust, Tanzen zu gehen?». «Klar» antworte ich, ohne mir wirklich bewusst zu sein, was ich da gerade gesagt habe. «Na dann komm!», ruft Anna fröhlich und zieht mich über die Hafenmauer in eine kleine Bar, aus der laute Musik, Gelächter und fröhliche Rufe dringen.

Drinnen ist es heiss und stickig. Rockige Musik füllt den Raum. Bunte Lichter tänzeln über den Boden und in der Mitte das Raumes steht eine riesige Bühne, auf der viele Menschen ausgelassen tanzen. Anna strahlt über das ganze Gesicht und zerrt mich hoch auf die Bühne. Lachend wiege ich mich hin und her. Anna kneift die Lippen zusammen und schwingt die Hüften. Ich pruste los. Hier auf der Bühne scheinen alle meine Sorgen wie weggeblasen zu sein. Hier gibt es nur mich, die Musik und Anna. Ich tanze glücklich. Schliesslich merke ich, wie mir mein Hemd am Rücken klebt und Schweisstropfen über mein Gesicht laufen. Ich schaue mich in der Menge nach Anna um. Sie ist in der Mitte der Bühne und scheint ganz ins Tanzen vertieft zu sein. «Anna, ich geh mal schlafen, ich kann nicht mehr», rufe ich über die Bühne. Anna schreckt auf, schaut sich erst etwas verwirrt um, dann erblickt sie mein Gesicht und lächelt. «Ich bleib noch etwas, ok?», ruft sie. Ich nicke und mache mich auf den Weg zu Narnia. Dort angekommen setze ich mich auf die hölzerne Küchenbank und verschnaufe erstmal. Meine Knie fühlen sich eingerostet an und noch immer dröhnt die laute Musik in meinem Kopf. «Langsam wirst du wirklich alt, Spinner», murmle ich und muss unwillkürlich grinsen. Ich stehe auf und gehe zum Schreibtisch. Ich ziehe eine Postkarte hervor. Sie ist schon alt und vergilbt. Vorne drauf ist eine Zeichnung zu sehen. Sie zeigt einen Fischer auf einem kleinen Boot. Im Hintergrund sieht man einen Hafen. Mich hat der Hafen an die Beschreibung erinnert, die mir Aron von hier gegeben hat, als ich die Karte vor Jahren in einer Papeterie gekauft habe. Ich werde sie ihm schicken.

Die Tür zum Deck geht quietschend auf. Ein schwacher Lichtstrahl fällt hinein. «Olf, bist du noch wach?», wispert eine leise Stimme. «Ja», flüstere ich. «Warum bist du denn schon so früh gegangen?». «Ich war müde». «Aber du hast ja nicht mal eine halbe Stunde getanzt». «Ich bin auch schon 82, junge Lady». «Okay, verstehe». «Gute Nacht, Lady Anna». «Gute Nacht, schlaf schön, Monsieur Olf». Der Lichtstrahl verschwindet wieder und ich höre das leise Rascheln einer Bettdecke. Kurze Zeit später höre ich Annas ruhige Atemzüge und auch mir fallen die Augen zu.

Ich schlage die Augen auf. Es ist stockdunkel in der Kabine. Ich setze mich auf und blicke durch das kleine Fenster, doch ich kann nur Dunkelheit sehen. Diese Art Dunkelheit, die einem Gänsehaut macht, die man nur nachts am Strand oder am Hafen sieht und einen daran erinnert, wie klein, wie unbedeutend man eigentlich ist. Und doch zieht es einen in diese Dunkelheit hinein. Ich stehe auf und gehe nach draussen, spüre die angenehme Kälte, die sich um meinen Körper legt. Ich kralle mich an der Stange fest und schaue hinab. Hinab ins Meer. Nur mit Mühe erkenne ich, dass das Meer aufgewühlt ist. Es hat viele kleine Wellen und am Bug von Narnia hat sich Gischt gebildet. Ich werfe meinen Kopf nach oben und schnuppere. Es riecht salzig. Nach Meer. Nach Alkohol. Nach Essen. Und ein ganz kleines bisschen nach Schweiss. Nach Tanzschweiss. Als ich genug habe, von der Weite, der Dunkelheit, gehe ich wieder nach drinnen und kuschle mich in mein warmes Bett. Es dauert keine zwei Sekunden, dann fallen mir auch schon die Augen zu.

Kapitel 7

Ich kneife die Augen zusammen. Etwas blendet mich im Gesicht. Ich drehe mich zur Seite, will weiterschlafen. «He, Olf», ruft Anna plötzlich. «Hm», murmle ich verschlafen. «Steh auf, du sollst das Fahren übernehmen, Frühstück steht in der Kabine, hopp, alle mal mithelfen da, nicht schlafen! Beeil dich!», drängelt Anna. Sie steht neben meinem Bett und stemmt die Hände in die Hüfte. «Nicht so frech, junge Lady!», mahne ich sie und stehe auf. Ich gehe in die Fahrerkabine und esse erst einmal mein Frühstück. Anna hat Spiegelei gemacht.

Das Fahren heute macht keinen Spass. Ich kann mich kaum auf den Beinen halten. Ein paarmal nicke ich fast ein. Ich zucke zusammen. Anna hat an die Fahrerkabine geklopft. «Soll ich mal übernehmen, ich schaue dir schon eine ganze Weile zu, du bist ja heute nicht gerade sehr konzentriert». «Ähm, ja gerne», murmle ich und weiss nicht genau, ob ich das wirklich finde, oder nicht. Ich bin gerührt, dass Anna merkt, wenn ich nicht so gut drauf bin, aber gleichzeitig tut es mir weh, weil ich weiss, dass sie recht hat, ich bin nicht mehr so souverän wie früher. Ich bin älter, meine Reaktionsgeschwindigkeit hat nachgelassen. Meine Sehkraft auch. Bei jeder schnellen Bewegung tut mir der Rücken weh. Ich weiss selber nicht, wie verantwortungsvoll es noch ist, mich ans Steuer zu lassen.

Ich tigere eine Weile unschlüssig umher und setze mich dann schliesslich auf den Liegestuhl auf dem Deck. Eine Weile liege ich einfach da und starre vor mich hin, dann hole ich mir ein altes Buch über Magellan und lese ein bisschen. Das Buch handelt von jahrelangen Reisen, heftigen Stürmen und grossem Stolz. Ich versinke ganz darin. Erst als Anna mir von der Fahrerkabine aus zuruft, ich solle Narnia am Steg befestigen, schrecke ich auf. Das Buch fällt mir aus der Hand, rutscht übers Deck und landet direkt vor Annas Füssen. «Magellan, toller Typ war das, oder?», murmelt Anna. Ich nicke gedankenversunken und befestige Narnia am Steg. Es ist ein kleiner Hafen. Fast leer. «Gehst du einkaufen, dann kann ich mich schon mal nach einer Tankstelle umsehen?», fragt Anna. Ich nicke. Nach langem Suchen finde ich endlich einen kleinen Supermarkt. Ich kaufe Brot, Milch, Käse, Gemüse, Reis, Nudeln und Dosen. Am Steg treffe ich Anna. «Wieder vollgetankt», murmelt sie und fährt sich durch die Haare. «Gut», flüstere ich. Wir kochen Rührei mit Brot und essen es in unseren Betten. Nachher schlafen wir beide gleich ein.

Kapitel 8

Als ich erwache, liegt Anna nicht mehr in ihrem Bett. Vermutlich ist sie schon in der Fahrerkabine. Ich stehe auf. Mein Rücken schmerzt, ich verziehe das Gesicht. Langsam gehe ich aufs Deck und versuche, keine ruckartigen Bewegungen zu machen. Ich schaue mich um. Offenbar haben wir den Hafen schon verlassen, wir sind auf dem offenen Meer. Es hat angenehm hohe Wellen und sanfter, aber kalter Wind weht. Auch in meinem dicken Seemannspullover, den ich seit Anna und Lukas gegangen sind, nicht mehr ausgezogen habe, friere ich ein klein wenig. Ich huste. «Na, auch schon auf den Beinen?», fragt Anna fröhlich. «Ja», sage ich kalt. «Gut, dann mach du Frühstück». Ich stemme die Hände in die Hüfte. «Anna, so geht das nicht, du kannst mir nicht einfach Befehle erteilen, immerhin ist Narnia mein Schiff», sage ich genervt. «Oh, na gut, liebster Herr Olf Jabel, wäre es für sie in Ordnung, Frühstück zu machen und Anna Saibling etwas davon zu bringen, während sie ihr Schiff steuert?». Anna verbeugt sich und schaut mich herausfordernd an. Ein Moment überlege ich, ob ich beleidigt davonstapfen soll, entscheide mich dann aber doch für die nettere Variante. «Aber sicher doch, wenn man mich so fragt, gerne», murmle ich und mache lachend einen Knicks. Anna grinst mich triumphierend an. Unwillkürlich muss ich auch grinsen, obwohl mein Rücken vom Knicks ein bisschen weh tut.

Ich mache Müesli. Ich bringe Anna etwas davon. Als ich mich gerade wieder umgedreht habe, um zu gehen, sehe ich aus dem Augenwinkel, wie sie sich verbeugt. Ich lache herzlich. «Monsieur Olf, würden sie nachher das Steuer übernehmen?», fragt sie. «Sie lassen mich also doch noch fahren», stelle ich lächelnd fest. «Aber sicher doch. Nur weil sie ein alter, manchmal nicht so souveräner Herr sind, heisst das nicht, dass ich, die Junge Lady nicht auch mal eine Pause brauche». «Dann bin ich ja froh, Anna», sage ich glücklich. Ich gehe in die Wohnkabine und ziehe mir wärmere Hosen und eine Jacke an. Trotzdem ist mir, kaum habe ich das Deck betreten, schon wieder kalt, ich huste.

Als Anna fertig gegessen hat, übernehme ich das Fahren. Trotz dem Husten macht das Fahren heute wieder mehr Spass. Die Wellen sind hoch, aber nicht zu hoch, gerade perfekt, und es sind viele Fischerboote unterwegs. Oft winkt mir jemand zu, ich hebe den Arm, ich ziehe ihn jedoch wieder zurück, bevor ich gewunken habe. Mein Rücken schmerz viel zu sehr. Wir haben vermutlich nur noch etwa eineinhalb Monate, bis da will ich mir keinen kaputten Rücken einfahren. Es macht mich zwar traurig, nicht winken zu können, aber ich muss es akzeptieren, ich bin nun mal alt. Zu alt für so eine Reise. Eigentlich. Ich lächle.

«Hey, Olf, ich kann jetzt wieder mal übernehmen», ruft Anna mir zu. «Gerne», murmle ich und öffne die Tür. Die Wärme, die in der Fahrerkabine war, verschwindet sofort nach draussen. Ich huste und ringe nach Luft. «Olf, alles ok?», fragt Anna besorgt und fasst mir an die Stirn. «Du hast ja Fieber!», ruft sie. «Alles ok, mir geht es gut», lüge ich. «du gehst jetzt erst mal ins Bett, mein Herr, du bist krank, ich hoffe es ist nichts Schlimmes». «Ok», murmle ich.

Als ich in der Wohnkabine angekommen bin, lasse ich mich sofort aufs Bett fallen. Ich decke mich bis zur Nasenspitze zu und schliesse die Augen. Je mehr ich daran denke, dass ich krank bin, desto stärker werden meine Kopf- und Halsschmerzen. Ich beisse mir auf die Lippen. «Olf, du bist stark, du schaffst das, gönn dir ein paar Tage Ruhe, dann bist du wieder fit», sage ich mit heiserer Stimme und versinke in einen Fiebertraum.

Kapitel 9

Als ich aufwache, ist es schon dunkel und Anna sitzt neben mir auf einem Stuhl. Sie hat Fieberthermometer in der Hand. «Du hast 38.9, das ist nicht gut, vielleicht sollten wir einen Arzt hier in der Nähe ausfindig machen», murmelt sie. «Nein. Ich habe mich wahrscheinlich einfach nur erkältet, in meinem Alter bekommt man davon manchmal echt hohes Fieber», sage ich matt. «Na gut, ich habe dir einen Tee gemacht. Am besten, du bleibst mal etwas im Bett. Wir können ja nachts anhalten, es sei denn, du hast dich um-entschieden und möchtest doch eine Pause machen», sagt Anna. «Nein, keine Pause, auf gar keinen Fall, aber wie weit ist es denn noch bis wir… bis ich wieder zurück, zuhause bin?», frage ich «Hm, ich denke, wenn wir nachts anhalten, ungefähr 3 bis 4 Wochen», sagt Anna und betrachtet ange-strengt die Karte über meinem Bett. Ich schlucke. Noch 3 Wochen, dann sehe ich Aron wieder, noch 3 Wochen, dann bin ich wieder der alte Spinner. «Olf, hallo, bist du noch da?», fragt Anna und wedelt mit der Hand vor meinem Gesicht herum. «Ähm, ja, tut mir leid, ich war gerade in Gedanken», sage ich entschuldigend. «Ich stelle dir den Tee hier hin, ist das ok?», fragt Anna und deutet auf den Stuhl neben meinem Bett. «Ja, klar», murmle ich und versinke wieder in einen tiefen Schlaf.

Kapitel 10

Den nächsten Tag bekomme ich nur vom Bett aus mit. Ich lese alte Seemannszeitungen, trinke Tee, schlafe oder liege einfach nur da und denke an Aron, Lukas und Melanie. Ich bin fast den ganzen Tag allein. Anna schaut erst am Abend vorbei und bringt mir etwas zu essen. «Und, wie geht's dir?», fragt sie und setzt sich auf die Bettkante. «Schon viel besser. Ich habe mich wirklich einfach nur erkältet, in ein paar Tagen bin ich wieder fit», sage ich. «Dann bin ich aber froh, ich dachte schon, ich müsse Narnia ganz alleine zurück in ihren Heimathafen steuern», sagt Anna und lächelt. «Nein Anna, das musst du nicht, natürlich nicht!», wispere ich.

Am nächsten Morgen wache ich von einem lauten Quietschen auf. Anna hat die Tür zu Wohnkabine offengelassen. Sie wird hin und her geschoben. Eine Weile höre ich einfach nur dem Wind zu, dann nehme ich mir eine Zeitung und lese ein bisschen. Doch bald tun meine Augen von der kleinen Schrift weh. Ich schlafe wieder ein bisschen.

Der ganze restliche Tag ist ein eintöniger Rhythmus aus Schlafen, lesen, schlafen und manchmal etwas Kleines essen. Nur durch Anna weiss ich, welche Zeit gerade ist. Auch in den nächsten Tagen ist es nicht anders, ich liege fast nur im Bett. Das Fieber und die Halsschmerzen sind zwar weg, aber ich bin immer noch sehr müde. Nach ein paar Tagen, die sich wie eine Ewigkeit anfühlen, kommt Anna dann zu mir und setzt sich auf die Bettkante. «Meinst du, du könntest wieder eine kurze Strecke fahren? Wenn wir uns abwechseln, können wir die Nächte durchfahren, dann haben wir nur noch etwa sechs Tage», sagt sie. «Hast du es eilig?», frage ich grinsend. «Nein, aber ich dachte, du hast es, Olf, der nie Pause machen will», sagt sie lächelnd. Kopfschüttelnd stehe ich auf und ziehe mir etwas Warmes an. Kurze Zeit später steure ich Narnia aus dem Hafen.

Es hat viel Verkehr heute. Das Fahren ist anstrengend. Aber es macht mir nichts aus. Ich bin froh, nach der langen Pause endlich wieder fahren zu können. Als ich einen Blick auf die Karte werfe, sehe ich, dass Anna mit feinen Bleistiftlinien unseren Weg eingezeichnet hat. Und tatsächlich: Es sind nur noch neun Häfen. Neun Häfen, bis ich Aron wiedersehe. Neun Häfen, bis ich Narnia wieder an dem Steg befestigen kann, an dem sich eigentlich mein ganzes bisheriges Leben abgespielt hat. Anna klopft an die Fahrerkabine. «Olf, ich kann wieder übernehmen. Du fährst schon über vier Stunden», ruft sie. «Gerne», murmle ich und verlasse die Fahrerkabine. Meine Hände zittern und meine Arme fühlen sich an wie Wackelpudding. Aber ich beisse die Zähne zusammen. «Du schaffst das, wenige Tage noch. Du hältst durch, alter Spinner», wispere ich und balle die Hände zu Fäusten.

Kapitel 11

Ich lasse mich aufs Bett fallen und schlafe sofort ein. Erst als Anna aus der Fahrerkabine ruft, ich solle übernehmen, erwache ich aus meinem tiefen Schlaf. Müde stehe ich auf und stolpere in die Fahrerkabine. Ich steuere Narnia, doch bekomme nichts mit von dem, was um mich herum geschieht. Ich weiss nicht einmal, ob die Wellen grösser sind als vorher oder nicht. Ich bin mit meinen Gedanken ganz an einem anderen Ort. Zuhause. Ich frage mich, wie die anderen Männer wohl reagieren werden, wie Aron reagieren wird, ob er denkt, dass ich es schaffen werde. Ob es ihm gut geht, er überhaupt noch lebt. Ich schaudere beim blossen Gedanken daran. Als es dunkel wird, übernimmt wieder Anna. Wir wechseln uns im Vier-Stunden Takt ab. Vier Stunden schlafen oder essen, vier Stunden fahren, vier Stunden schlafen… Tag für Tag. Doch ich erlebe alles nur wie in Watte gepackt. Ständig muss ich an Aron denken. An Piet vom Fischladen, an Sven, den Pfarrer, an alle, für die ich der alte Spinner war. Ich frage mich, ob ich ihn immer noch sein werde, wenn ich zurückkomme. Denke darüber nach, wie Aron mich empfangen wird. Mit jedem Tag wird die Vorfreude grösser. Aber mit der Vorfreude auch die Angst. Angst, dass es wieder so wird wie früher.

«Hey Olf, hörst du mir überhaupt zu?», fragt Anna und reisst mich plötzlich aus meinen Gedanken. «Äh, ja entschuldige, was hast du gerade gesagt», frage ich. «Ich wollte fragen, ob ich mal übernehmen soll», sagt Anna. «Aber ich fahre doch erst seit ungefähr einer Stunde», entgegne ich. «Ja, aber wir haben nur noch ungefähr sechs Stunden und ich dachte, du würdest vielleicht gerne das letzte Stück fahren», murmelt Anna. «Sechs Stunden», hauche ich. «Ja, und ausserdem halte ich es für eine gute Idee, mal wieder an einen Hafen zu gehen. Wir müssen tanken. Und etwas Richtiges zu essen ist sicher auch nicht schlecht. Ausserdem ist die Küste hier bei Dunkelheit echt gefährlich und in circa einer halben Stunde wird es dunkel. Also, was meinst du?», fährt Anna unbeirrt fort. «Ja, klar, g-gute Idee», stottere ich, obwohl ich gar nicht richtig zugehört habe. «Gut. Schau, das ist ein Hafen», sagt Anna und deutet auf den Bildschirm, «Wir erreichen ihn in ca. zwei Stunden. Du kannst dich dann mal ausruhen. Ich mach das. Du musst morgen schliesslich fit sein.»

Anna legt an und wir gehen wir schweigend an Land. Zwischen uns herrscht angespannte Stille. Ich sehe, wie Anna mehrmals Luft holt, um etwas zu sagen, dann aber doch schweigt. «Anna...», presse ich schliesslich hervor. «Ach Olf, ich bin dir so dankbar. Für diese Reise. Ich werde dich und diese wunderbare Reise nie vergessen», sagt Anna schnell und bricht in Tränen aus, «nie, nie werde ich dich vergessen, Olf». «Ich werde dich auch nie vergessen Anna, ohne dich...Ich weiss nicht, was ich ohne dich getan hätte», sage ich und wische mir eine Träne weg. Anna schaut betreten zu Boden und ist ebenfalls dabei, sich die Tränen abzuwischen. «W-was machst du eigentlich, wenn du wieder zurück bist?», fragt sie plötzlich. «Also, ich weiss nicht...», flüstere ich. Ich hole tief Luft, raffe all meinen Mut zusammen und sage: «Anna, hör zu. Diese Reise war meine letzte Reise. Aber für Narnia war es nicht die letzte Reise. Und für dich auch nicht. Du hast noch so viele Reisen vor dir, Anna», ich mache eine kurze Pause, «ich möchte, dass Narnia, sobald wir angekommen sind, dir gehört». Anna erstarrt. «Aber wo schläfst du dann?», haucht sie. «Ich werde mich arrangieren. Eine Weile kann ich bestimmt auch bei Aron bleiben und dann suche ich mir etwas Kleines», sage ich lächelnd. «Meinst du, Narnia möchte das auch so?», fragt sie. «Bestimmt» «Dann müssten Narnia und ich ohne dich weiterziehen». «Ja, und das ist gut so» Anna fällt mir schluchzend um den Hals. «Ich weiss gar nicht was ich sagen soll», schnieft sie.

Wir gehen in ein Restaurant und essen Muscheln. Während dem Essen lächelt Anna mir immer mal wieder zu. Reden tun wir nicht viel miteinander. Als wir wieder zurück auf Narnia sind, packe ich ein paar Sachen in einen alten Stoffbeutel. Dinge, die ich behalten will: Die Weltkarte von der Wand, den Kompass, die Regenjacke, den Pullover, ein paar Bücher und die Angel. Alles andere wird von nun an Anna gehören.

Kapitel 12

Ich stehe leise auf und schleiche nach draussen. Anna schläft noch. Mit langsamen Bewegungen öffne ich den Knoten und mache Narnia vom Steg los. Meine Hände zittern so sehr, dass es mir schwerfällt, den Motor anzulassen. Ich habe das Gefühl, vor Vorfreude gleich zu platzen. Und trotzdem fühle ich mich schwach. Ich konnte lange nicht einschlafen, so sehr freue ich mich auf Aron.

Die Wellen sind hoch und es weht starker Wind. Viele Fischerboot sind unterwegs. Einige davon kommen mir bekannt vor. Ich versuche, sie nicht zu beachten und starre steif aufs Meer, versuche mich ganz aufs Fahren zu konzentrieren. Ich schaue unsere Position auf dem Bildschirm an. Noch zehn Minuten. Alles in mir verkrampft sich. Ich atme schneller. Am Horizont kann ich einen schmalen Streifen erkennen. Wieder schaue ich auf den Bildschirm. Noch weniger als fünf Minuten. Wir kommen immer näher. Ich löse meine eine Hand vom Steuer und drücke auf die Hupe. Einmal, zweimal. Die Tür zur Bäckerei fliegt auf. Ich muss mich am Steuerrad festhalten, um nicht umzufallen. Aron lebt! Es geht ihm gut! Er erkennt sogar den Ton meiner Hupe wieder! Tränen der Erleichterung laufen über meine Wangen. Ich fahre näher an den Steg heran. Ich sehe aus dem Augenwinkel, wie Anna nach draussen kommt und sich neben die Fahrerkabine stellt. Sie lächelt mir zu und wirft das Tau. Sie befestigt Narnia mit schnellen, routinierten Bewegungen am Steg. Ich öffne die Tür zur Fahrerkabine. Anna kommt zu mir und umarmt mich. Ich höre ein Schluchzen, weiss nicht, ob es meines oder Annas ist. «Jetzt geh schon, fahr weiter mit Narnia», schluchze ich und gehe zitternd, ohne mich noch einmal umzudrehen von Bord. «Olf…», sagt Anna schwach. «Viel Glück, Anna», flüstere ich noch. Ich höre, wie sie den Motor anlässt, aber ich drehe mich nicht um.

Ich schaue nach vorne. Zu meinem vorherigen und zukünftigen Zuhause. Aron steht am Ende des Stegs und starrt mich an. Ein heimatliches, wohliges Gefühl umgibt mich bei seinem Anblick. Trotzdem merke ich, wie meine Beine anfangen zu zittern. Mit Beinen aus Wackelpudding renne ich über den Steg und falle Aron in die Arme. Seine grossen Hände umklammern meine bebenden Schultern. «Olf, du hast es geschafft», schluchzt er. «Ja, Aron, das habe ich!», will ich entgegnen, doch die Worte blieben mir im Hals stecken. Ein enges Gefühl legt sich um meinen Brustkorb. Ich räuspere mich, schnappe nach Luft. Ein stechender Schmerz fährt durch meine Brust. Ich bekomme keine Luft mehr. Alles dreht sich rasend schnell. Ich kann nur noch verschwommen sehen. Ich spüre, wie Arons Hände versuchen, mich hochzuziehen, höre, wie er etwas sagt. Ich will aufstehen, Aron beruhigen, ihm sagen, dass alles gut ist, aber ich kann mich nicht bewegen, ich bin schwer wie Blei. Dann ist alles still. Ich höre nur noch den dumpfen Ton, als mein Kopf auf dem Steg aufprallt. Dann wird alles schwarz und ich falle. Falle in die Tiefe.

VIERTER TEIL

Kapitel 1

Mit routinierten Bewegungen wischt Aron über die Theke seiner kleinen Bäckerei. Immer wieder hält er inne, blickt durch das grosse Fenster nach draussen, seufzt. Ein junger Bäckerslehrling kommt von der Backstube zu ihm und fragt besorgt: «Alles in Ordnung?» Aron schaut weiterhin konzentriert aus dem Fenster und antwortet leise: «Ich habe es gesehen, an der Art, wie er über den Steg gelaufen ist. So zerbrechlich sah er aus. Und ich fühlte es, an der Art, wie er mich umarmte. So schwach war er. Ich wusste immer, wie es Olf ging, ich sah es an der Art, wie er sich bewegte. Und an diesem Tag sah ich schon von Weitem, dass es ihm nicht gut ging», er macht eine kleine Pause und räuspert sich, «Ich mache mir Vorwürfe. Wenn ich nicht da vorne am Steg gestanden hätte, hätte Olf sich nicht so aufgeregt und er wäre jetzt vielleicht noch hier». Der Bäckerslehrling blickt unsicher zu Boden. «Tut mir leid, ich musste es einfach jemandem sagen», murmelt Aron und geht zur Tür, «Ich muss ein wenig aus der Backstube heraus.».

Mit langsamen Schritten geht Aron zum kleinen Lokal mit dem alten Schild. Seufzend tritt er ein. Obwohl alle Tische bis auf einen besetzt sind, ist es ungewöhnlich ruhig. Als Aron eintritt, wir es ganz still und alle Blicke wenden sich ihm zu. «Aron, setzt dich doch zu uns!», sagt einer der alten Männer am Stammtisch. «Das mit Olf tut uns übrigens echt leid. Für Olf, diesen mutigen Spinner, und auch für dich. Muss schlimm für dich sein, so gut wie ihr euch immer verstanden habt.», fügt ein Anderer hinzu. Die Männer nicken und schauen Aron mitfühlend an. «Schon gut», antwortet dieser und setzt sich an den einzigen freien Holztisch. Er bestellt zwei Whiskeys. Mit den Tränen kämpfend murmelt er: «Prost, mein Freund» und schiebt einen der Whiskeys auf die andere Seite des Tisches. Den anderen trinkt er in einem Zug aus. Dann stützt er den Kopf auf die Hände und starrt den Platz gegenüber von sich an. In dieser Position verharrt er. Wartet, bis er ganz alleine im Lokal ist. Auf die Frage des Mannes hinter dem Tresen, ob er denn nicht müde sei, antwortet er leise: «Ich werde noch eine Weile sitzenbleiben» und bleibt noch eine Weile sitzen.

LYNN HÜRZELER wurde 2009 in Zürich geboren. Sie besucht die Kantons-
schule Zürich Nord und liest, schwimmt und segelt gerne.